私の居る場所
小池真理子怪奇譚傑作選

小池真理子

東　雅夫＝編

角川ホラー文庫
23123

目次

仄暗い廊下の果てに

二十代の終わりから年に二度ほど、私は決まって同じような夢を見る。人里離れた土地に建つ、見知らぬ大きな旅館を訪れる夢である。

温泉があるのか、遠くで湯桶の音がかすかに響き、にもかかわらずあたりはひっそりと静まりかえっていて、大きな宿だというのに人影が見えない。そして私は、部屋まで案内してくれる、うなじのほっそりとした美しい女将の、すべるような白足袋の音だけを耳にしながら、仄暗く静かな廊下をどこまでもどこまでも歩いて行く。

廊下の両脇には無数の小部屋が連なっている。小部屋はそれぞれ白い障子で仕切られていて、中からはもの静かに話す人の声が、水の音のように低く流れてくる。

よく磨かれた廊下はやがて、階段にさしかかる。狭く急な階段を昇り降りしていくうちに、廊下はさらにさらに深く奥まっていって、ぼんやりと灯された行灯の明かりの中、うねうねと不規則に曲がり始める。行き着く先がどこなのかもわからない。わからないのに歩いていている。ただそれだけの夢である。

とりわけ幻想小説と称されるような作品を書いている時など、くだんの夢の一シーンを蘇らせてみることがよくある。その静けさ、その仄暗さ、その艶めかしさ……見たことも行ったこともない宿なのに、私にはなじみがあって、怖いくらいに懐かしい。

詳しい人に、夢分析をしてもらったこともある。漠然とした焦燥感にかられている時に見る夢だ、と言われ、なるほどその通りのような気もしたが、それだけとも思えない。何故いつも湯を使う湯桶の音がするのか、何故いつも似たような白障子、似たような廊下、似たような美しいぼんやりとした明かりが夢の中に登場するのか……。

そのうちいつか、何の気なしに泊まった宿で、私はきっと夢と同じ体験をするのかもしれない。その時私は、長い長い廊下の果てに、いったい何を見つけるのだろう。私自身の姿なのか。幼かった頃の自分。ひりひりとした神経を抱えて、収拾がつかなくなっていた思春期の頃の自分。恋に苦しんで、夜も眠らずにいた頃の自分……。

見たいような、見たくないような。

優しい既視感

日本の建築物には光と影がよく似合う。といっても、目を射るような強烈な光、闇を思わせる濃厚な影はだめだ。淡いもやもやとした光、風にそよぐような静かな影……がいい。「あかるい」のではなく「うすあかるい」、「くらい」のではなく「うすぐらい」のがいいようである。

日本旅館の中には、時にそのあたりを確実に意識して作られているところがあり、そういう場所に行くと、私はしんと静かな気分になって、いつも奇妙な既視感を覚える。

かなり昔の話になるが、能登（のと）にある純和風の小ぢんまりとした旅館に泊まった時のこと。障子の向こうの窓に向かって、板張りの縁側があった。昼間は弱々しい冬の光が射しこむのだが、障子を開け放しておくとどうにも寒く、閉じておくしかない。

あの日は朝から雪が降り始めていて、にもかかわらず障子は淡い光で充（み）たされていた。うすぐらい畳の部屋に用意された古い小さな炬燵（こたつ）に入りながら、私は仄白（ほのじろ）く浮き上がる障子を見ていた。

しんしんと降り続く雪の気配を感じながら、炬燵の温もりに身を委ねていると、見たことも聞いたこともない光景だというのに、自分はかつて、一度ならずこの場所に来たことがあるのではないか、こんなふうに炬燵に足を入れながら、このうすぐらい畳の部屋で、今と同じようにして、障子にさしこむぼんやりとした冬の光を見ていたのではないか、などと思えてきて、少し胸がつまった。

その能登への旅は、まだ若かった私が、当時誰よりも好きだった人と出かけた旅であった。誰よりも好きだったのに、何故か別れを予感していた旅でもあった。

ただでさえ光が淡くなる季節だったせいか。泊まった旅館がたまたま、風流の極意をきわめていたせいか。旅そのものの記憶も、「うすあかるさ」と「うすぐらさ」に彩られていて、好きだった人の顔、彼と交わした会話、過ぎ去った何もかもが、冬の残照のようになって、今もその中に優しく溶けこんでいる。

襖の向こう側

古い大きな日本家屋の、何枚もの襖で囲まれた座敷は、いつ見てもどこかあやしげである。襖を開け放せば、座敷が二つ、三つ、四つ……と幾つも幾つも果てしなく続いていて、それは永遠に終わらないのではないか、と思ったりする。

その昔、夏休みに両親に連れられて、そんな家に泊まりに行ったことがある。ほらね、こうやると大きな広間になるんだよ、そうさなあ、まりちゃんの学校のクラスの子が全員来たって、ちゃあんと泊まれるよ、などとその家の主人は子供相手に自慢してみせるのだが、背丈の低い、年端もいかぬ子供の目には、遥か向こうまで見渡せる座敷の、そのまた向こうにもさらに座敷が連なっているようにしか見えない。

振り返ってみれば、自分が今しがた通りすぎてきた座敷の数々が、遠い陽炎のように遥か向こうにゆらめいて見える。今から考えればそれは、襖のもたらす時空間の不思議に触れた最初の体験だったのかもしれない。

幼いころ、私は身体が弱く、何かというと具合を悪くして、茶の間の隣の和室を病室代わりに寝かされていた。仰向けに寝て、ちょうど目の届くあたりに、襖絵が見えた。山野に遊ぶ猿だの、猪だの、蛙だのが戯画化された墨絵のように描かれている、安っぽい民芸調の絵であった。

　じっとその絵を眺めているうちに、襖の向こう側に母のいる茶の間があって、母が自分のためにくず湯を作ってくれているところだ、ということが信じられなくなってくる。もしかすると、襖のあちら側の座敷には誰もおらず、そのまた向こうの座敷、そのまた奥の座敷……と人のいない襖で囲まれた座敷がずっと連なっているだけなのかもしれない、などと考え始める。

　不安にかられているうちに、ひどく気分が悪くなり、顔を歪めて大声で母を呼べば、襖がさっと開いて、どうしたの、と母が顔を覗かせる。茶の間からは温かなくず湯の香りが漂ってくる。子供のころの他愛のない思い出である。

幸福の家

よく晴れて、秋のかわいた空気が芳しく香る、気持ちのいい日だった。日を追うごとに日暮れは早くなっている。散歩をするのなら、日が傾いてしまわないうちに、と思い、わたしは少し早めに家を出た。

散歩のコースは決まっている。家の前の路地を右に進み、最初の四つ角を通りすぎて、また次の長い路地に入る。

その長い路地の周辺は、昔からわたしの好きな一角だ。建ち並ぶ家々はどれも旧(ふる)くて小さいが、暮らしを大切にしながら生きてきた人たちの息づかいにあふれている。丹誠こめて手入れされてある庭の様子もいい。どの庭にも、清楚(せいそ)な淡い秋の花が揺れている。コスモス、萩(はぎ)、水引草、ノコンギク、女郎花(おみなえし)……。

どこからともなく甘い香りが漂ってきた。今年もまた、金木犀(きんもくせい)が咲き始めたことを知り、わたしの胸は躍った。香りをふりまく、あの美しい木はどこにあるのだろう、と立ち止まってあたりを見回してみる。

今しがた通り過ぎてきたばかりの小径の向こう、一軒の平屋建ての家の門扉の奥に、金木犀の木が一本、植わっているのが見える。オレンジ色の美しい小さな花をみっしりと咲かせている。

そういえば、とわたしは思い出す。毎年この季節になると、四つ年下の妹の絵美を連れて、金木犀探しを楽しんだものだった。

絵美は、生まれた時から脳に軽い障害がある。歩くことはできるが、足腰がおぼつかないので、危険防止のために誰かがそばについていてやらなければならない。発育も遅く、学校の授業についていくのがやっとだ。しょっちゅう原因不明の熱を出し、臥せってしまう。

だが、そんな虚弱な妹も、わたしが「金木犀探しに行かない？」と誘った時だけは、決まって目をきらきらと輝かせた。

どんなに暖かい季節でも、妹は風邪をひきやすい。わたしは妹の首に薄いネッカチーフを巻き、カーディガンを着せてやる。そして、妹が転ばないよう、しっかり手をつなぎながら家を出る。

妹の歩く速度はたいそう遅い。だが、遅いおかげで、金木犀の香りはいつまでもわたしたちを追いかけ、包みこみ、消えてしまうことがない。

妹は元気いっぱいに周囲を見渡し、「あ、見つけた！」と得意気に声を張り上げる。

「え？　どこ？」

「あそこ！」

「あ、ほんとだ。絵美、すごい！　見つけるのが早いのね！」

「お姉ちゃんの負けよ」

先に金木犀の木を発見したほうが勝ち、という、わたしたちだけの無邪気なゲーム。先に見つけるのはいつもわたし。だが、見つけたことは言わない。絵美が見つけるまで黙っている。だから勝つのはいつも絵美なのだ。

今年の夏、絵美はいつからともなく、食が細くなった。食欲は急速に落ちていき、食べ物を受けつけなくなって、瞬く間に衰弱し始めた。

父は内科医である。父の父……わたしの祖父も内科医で、この町で医院を開業した。父は後を継ぎ、祖父亡き後、「木田医院」の院長になっている。

絵美を診ていたのは父だった。どれほど入念に診察しても、原因がよくわからないというので、父は首を傾げていた。その後、絵美は検査も兼ねて、大きな病院に入院することになった。

当初、容態は一進一退を繰り返し、家族もずいぶん心配した。施された検査の結果も、決して良好というわけではなかった。わたしにはよくわからないし、両親は詳しく教えてくれないが、何か案じられる点がみつかった、という話だった。

だが、連日にわたって点滴を受け、手篤い看護を受けているうちに、絵美は九月に入ったころから、めきめきと快復に向かい始めた。顔色が見違えるほどよくなり、食欲も旺盛になった。一昨日だったか、母と一緒に見舞いに行った時も、持っていったカスタードプディングを残さず平らげたあげく、草加せんべいを自分で袋から出し、ばりばりと食べ始めるほどだった。

そんなふうに、勢いよくせんべいに齧りつく妹を見たのは久し振りだ。母は安堵のあまりか、それとも、そんな妹がかえって痛ましく見えたのか、目に涙を光らせた。いつも朗らかな母が涙ぐむのを見ているのがいやで、わたしは「ねえ、絵美」とふざけて大きく声を張り上げた。「久し振りにオランウータン、やってあげようか」

絵美は目を輝かせた。「うん、やってやって」

舌を裏返しにして前歯を隠し、がに股を作って両手を頭の上に載せながら、あたりをぐるぐる歩きまわる。わたしのオランウータンのものまねは、妹をいつも喜ばせ、元気づけていた。

わたしが早速、それをやってみせると、妹はベッドの上で、さも可笑しそうに肩を揺すって笑いころげた。まあ、小夜子ったら、と言って呆れていた母もつられて笑いだし、わたしもオランウータンを演じたまま、腹を抱えて笑った。

絵美が退院してきたら、退院祝いの会を家族で開くことになっている。病み上がりで、そうたくさんは食べられないだろうけれど、絵美の好きな、苺のショートケーキも準備して、そこに小さな赤い蠟燭を立てて、庭の花を部屋に飾って……などと、わたしは母と相談し合っている。

母はとびきりおいしい五目ちらし鮨を作るだろう。母の作る五目ちらし鮨は本当においしい。父は来客があるたびに母にそれを作らせる。そして、ひと口食べた客が目を丸くしながら、そのうまささを褒めちぎるのを満足げに聞いている。

父は母よりも一回り年上の、赤ら顔で丸々と太った、猪首の男だ。性格は優しく、稀にみるロマンティストでもあるが、どうひいき目に見てもハンサムとは言えない。このあたりの子供たちは蔭で父のことを「赤ぶた先生」と呼んでいる。

だが、母はほっそりと華奢で姿が麗しい。肌は白く透き通っていて、つややかな磁器のようだ。まるで女優さんみたい、と近所でも評判の美人である。

かつて知人からそんな母を紹介され、父はひと目でぞっこんになった。母は父の強引すぎる求婚に怖じけづいたようだが、父は諦めずに母を慕い続けた。母の気持ちを射止めるのに、数年かかったというが、その、いかにも微笑ましい顚末は、親戚の間でも有名な語り種になっている。

わたしと絵美が小学生だったころ、ビールを飲んでいた父がしみじみと、「お母さんはね、お父さんの宝物なんだよ」と言ったことがある。「そしてね、二番目の宝物は小夜子と絵美。お父さんには大切な三つの宝物がある、っていうことなんだ」

まだ子供だったわたしは、頬をふくらませて疑問を投げつけた。「どうして、わたしと絵美は二番目なの？　どうして一番目じゃないの？」

父は赤ら顔をさらに赤くして笑い、「二番目とか一番目とか、関係ないんだよ」と言った。「お父さんの手に入った順番が違うだけで、その三人は全部、お父さんの宝物なんだから。一番目も二番目も大切さは変わらないんだよ」

夏の夜だった。縁先のぶたの形をした蚊遣(かや)りからは、蚊取り線香の煙がやわらかく立ち上っていた。少し風がたって、軒先の風鈴がちりんと鳴った。闇に包まれた庭には、部屋の明かりがこぼれ、咲きほこる夏の花々の上に蜂蜜(はちみつ)色の光を投げていた。

父は目を細めていとおしげに、わたしと妹を交互に眺める。それまで台所にいた母が、盆を手に、部屋に入って来る。盆の上には、胡瓜(きゅうり)と茄子(なす)の糠漬(ぬかづ)けが盛られた鉢が載っている。

「少し古漬けになってしまったみたいだけど」と母が言いながら、糠がしみわたった漬け物を食卓に置く。

「いいさ、いいさ。古漬けもうまい」父は上機嫌で母のコップにもビールを注ぐ。

「あんまり飲めないから、少しだけね」と笑う母は、それでも品よくビールに口をつけて、「ああ、冷たくておいしい」と言う。

「小夜子もどうだ」と父に言われる。「ほんのちょっと、なめてみるか」

うん、なめてみる、とわたしが身を乗り出すと、母が「だめだめ」と言って苦笑しながら止めに入る。「お医者のくせに、お父さんはいけない人ね。こんな小さな子にお酒を勧めたりして。校医先生が聞いて呆れるわ」

父は医院での通常の診察の他に、地域の小学校の校医も務めていた。そのため、昼の間はたいそう忙しそうだったが、日が暮れるころには必ず家に戻って来た。夜になって出かける用がある時でも、夕食だけは一年三百六十五日、欠かさず家族と共にした。

母の手作りの夕食で囲む、家族水入らずの食卓。一番よくしゃべるのはわたしで、次が父。次が母。絵美は言葉が時々つまるため、わたしのようにはいかなかったが、それでもよくしゃべった。よく笑った。

時は規則正しく流れ、窓の外ではゆるやかに季節が移り変わっていった。しかし、秋の虫が鳴く季節になっても、青みがかった雪が積もる季節になっても、わたしたち家族の幸せな団欒（だんらん）は変わらなかった。

庭には折々の花が咲き乱れ、蜂が蜜を吸いにやって来た。雨の日も晴れた日も、生い茂った木々の葉が落ち、庭いちめんに敷きつめられ、そこに冷たい木枯らしが吹く季節になっても、わたしの家は幸福な時間の中にあった。

少しくらいのつらさや哀しみや不安など、すぐに忘れてしまうことができた。わたしたちはいつだって、嘘偽りのない幸せな想いに充たされて生きていた。

それは今も続いているし、これからもずっと変わらずにあることだろう。父がいて母がいて、わたしがいて、絵美がいる。やさしさと慈愛にくるまれた、この幸せが消え去ってしまうなど、そんなことが起こるはずもないのである。

……路地を抜け、車の行き交う大通りに出た。どちらに行こうかと少し迷った。

大きな公園と小さな公園の二つが、大通りをはさむような形で並んでいる。大きな公園は、このあたりでは名刹と言われている寺の地所内にある。地元住民に公園として開放されるようになったのは東京オリンピックの直後のことだ。

回遊式庭園になっている公園である。瓢箪形をした池のまわりには、いくつものベンチが備えられており、いつ行っても子供たちや家族連れで賑わっている。園内には小さな売店まであり、飲み物の他にも味噌おでんやアイスクリームを買うことができる。

一方、小さな公園のほうは、寺とはまったく関係のない市立公園である。児童遊具も砂場もない、ただ、ベンチと木立だけがある静かな公園で、時折、子供を連れた父親がキャッチボールなどをしているのを見かける他は、あまり人の気配がない。せいぜい老人がベンチでうたた寝していたり、若い母親が、背中の子をあやしながらぼんやり空を見上げていたり、中年の主婦が長ねぎのはみ出した買い物籠を手にし、立ち話に興じている程度だった。

大きな公園の賑わいには心が弾む。そちらに行けば、池の鯉に餌を投げてやる楽しみもあった。味噌おでんを買って、ベンチでゆっくり食べるのもいいかもしれなかった。だが、これといった強い理由があったわけでもなく、わたしは小さな公園に足を向けた。

あの時、大きな公園のほうに行っていたら、どうなっていただろう、と思う。何も起こらず、何も変わらずにいられたのか。そのほうがよかったのだろうか。わたしにはまだわからない。

すべてはひとえに縁の問題だったのだと思う。いずれにせよ、わたしとあの老人とは、初めから深い縁でつながれていたのだ。

小さいほうの公園に入り、まず目についたのは、二歳くらいの女の子を連れた母親が、赤ん坊をおぶった母親と立ち話をしている光景だった。母親同士は、眉をひそめて何ごとか、ひそひそとしゃべっていた。

やがて大きな犬を連れた、中学生くらいの少年が公園に入ってきた。幼児が犬を見て指をさし、「わんわんがきた」と言った。犬が幼児に向かって烈しく吠えたてたので、幼児は虚を衝かれたのか、驚いた様子で母親の後ろに隠れた。

母親はそんな幼児の手を引き、「さあ、帰りましょ」と言った。赤ん坊をおぶった女と、幼児の手を引いた女とは、相変わらず真剣な顔をして何か話しながら立ち去って行った。

犬はシェパードの血が混ざったような焦げ茶色の雑種犬で、少年の手にあまりそうなほど大きかった。少年は犬のリードを手にしたまま、犬を引きずるようにして水飲み場まで行った。

少年は犬のリードをいったん、水飲み場のそばの木の幹に括りつけた。そして、前かがみになりながら、ごくごくと水を飲んでいたが、やがて飲み終えると、次に彼は犬のために両手に水をため、犬の口もとまで運んでやった。犬は白く見える唾液を口の端にためたまま、凄まじい勢いで少年の掌にたまった水を飲んだ。水はひと口でなくなってしまうので、少年は何度か同じことを繰り返さねばならなかった。

やがて犬は、満足げに全身をぶるっとふるわせた。少年は水飲み場に戻り、手を洗い、水道の栓を元に戻そうとした。

だが彼は、誤って逆方向にまわしてしまったようだった。水が瞬時にして、噴水のように天高く噴き上がった。

犬が短く吠え、少年は「うわっ」と声をあげながら身を縮めて手を伸ばし、水道を止めた。降り注ぐ水ですっかり濡れてしまった少年のつややかな頭の毛に、秋の午後の光が輝いて、小さな虹を作ったように見えた。

その様子をぼんやり眺めている老人がいた。木陰のベンチに腰をおろし、背中を丸めてたばこを吸っている。

小柄で痩せた男だった。八十になったかならないか、といった年齢のようだった。髪の毛も口髭もまだらに白い。くたびれたような色あせた千鳥格子のシャツにカーキ色のベストを重ね、ねずみ色のズボンをはいていた。ズボンに折り目はなかった。

犬を連れた少年が「ひゃあ」と声をあげながら、両手で頭についた水滴を払う仕草をした。ハンカチも何も持ってきていないようだった。大きな犬は少年を見上げながら、また低く吠えた。

「かわいそうに、あんなに濡れちゃって」とわたしは思わず、笑いをしのばせながら声に出して言った。

ベンチに座っていた老人が、のそりと首をまわし、わたしのほうを見た。目が合ったので、わたしはにっこりと微笑みかけた。

「あんなふうに、水飲み場でびしょ濡れになっちゃう、ってこと、よくありますよね。わたしも子供のころ、しょっちゅうでした。水道の栓を逆回しにしちゃうんですよね。水を飲む時は正しい方向にまわせるのに、止める時だけ間違っちゃうなんて、おかしいんですけど、何度もやっちゃうんですよね」

聞こえたのか聞こえなかったのか、老人はわたしから目をそらし、短くなったたばこをせかせかと吸った。誰からも話しかけられたくない様子だった。

拒絶されたような気がして、うらさびしい気持ちになった。わたしは口を閉ざし、ベンチのそばに立ったまま、黙って少年に視線を戻した。

少年は両足を踏ん張るようにしながら、犬に引っ張られつつ、公園から出て行った。公園には誰もいなくなった。叢(くさむら)でコオロギが鳴いていた。

短くなり過ぎて、それ以上、吸えなくなったたばこを老人は地面に落とした。汚れた灰色のズック靴の爪先でそれを踏み消し、彼は前を向いたまま、わたしから顔をそむけて、小さくため息をついた。

その表情のない横顔に秋の陽が射していた。しみと皺(しわ)の浮いた、肉づきの悪い顔だった。小さな目を囲んでいる睫毛(まつげ)だけが年齢にふさわしくないほど長かった。わたしは何かふしぎなものを見るような思いで、その睫毛を見つめていた。

その時だった。わたしは彼から、強い孤独を感じ取った。それはまったく、信じられないほど強い孤独だった。彼は身体全体を使って、耐えがたい孤独を表現していた。

どこの誰なのか、何をしている人なのか、どんな事情を抱えているのか、何ひとつわからないというのに、彼が抱えている苦悩のありようが覗(のぞ)き見えた気がして、わたしは我がことのように胸うたれた。

「いつもこちらに来られるんですか」

わたしは努めて明るく話しかけながら、ベンチの、彼からもっとも離れたところにそっと腰をおろした。迷惑がられるに違いないと思った。それどころか、不審な女、と思われて、老人はこの場から立ち去ってしまうかもしれない、とも思った。

だが、やめられなかった。彼が漂わせているさびしさが、振動する音叉のようになってわたしの中に響いてきた。放っておけなかった。

老人は無言だった。無言のまま、ゆっくりと首をまわしてわたしのほうを向いた。光を失ったような二つの小さな目が、わたしに向けられた。

「すっかり秋ですねえ」とわたしは彼から目をそらし、前を向いたまま陽気に続けた。「陽射しは強いけど、秋の気配がしますね。どんどん日が短くなってきてますものね」

彼は応えなかった。かまわずにわたしは、のどかな口調で続けた。「今朝はね、ヒヨドリがうちの庭に来たんですよ。ヒヨドリって、夏の間は声だけで姿を見せないんです。でも、秋になると、しっかり目につくようになるからふしぎですよね。毎年そう。ヒヨドリが来るようになると、もう秋なんだ、って、子供のころから思ってましたから」

しばしの沈黙が流れた。ややあって、老人は、わたしのほうは見ずに、ひと言、「ヒヨドリ、ですか」と言った。弱々しく、甲高いような声だった。

わたしは嬉しくなって、勇んで彼のほうを向き、「はい。ヒヨドリです」と繰り返した。「ヒヨドリ、お宅のほうには来ませんか」

「たまに」と彼は言った。喉がつまったのか、軽く咳払いをした。「たまに見かけますが」

「大きな声で鳴きますよね、ヒヨドリって。声だけでもわかりますよね」

「はあ」と彼はあまり関心がなさそうに言った後、「ところで」と続けた。「シメは来ませんか？」

「シメ？」

「雀よりひと回りもふた回りも大きい鳥です。薄茶色に黒が混ざった羽をして、顔は獰猛そうですね。目が黒く縁取られてて、そうですね、ちょっと斑鳩に似ています」

「ごめんなさい、わたし、斑鳩っていうのも知らなくて。たぶん、シメも斑鳩も見たことないと思います」

「注意していれば、このへんでも見かける鳥ですよ。ただし、冬の一時期だけですけどね」

「冬鳥なんですね」

「そうです。斑鳩は群れで来ますが、シメは単独行動です。ほとんど群れません。だから余計にね、なんだか……」

何か言いかけた様子の彼が、言葉を濁した。わたしは彼を覗きこむように見つめた。

「シメっていう鳥が、どうかしたんですか」

「いや、なに、こんな話、若い女性に話しても笑われるだけですから」

「そんなこと」とわたしは言った。「わたし、幼く見えるかもしれないけど、これでももう、二十二歳なんですよ。そんなに若くありません」

老人は首をゆっくりと横に振り、大きく息を吸い、乾いた皮肉まじりの笑い声をもらした。「二十二歳！　いやはや。何ともお若い。私の孫みたいなものじゃあないですか」

彼はちらりとわたしに視線を投げたが、すぐにまた元に戻し、着ていたベストの小さなポケットを両手でぽんぽんと叩いた。「ああ、やっぱり持ってきてなかったな」

「何かお忘れものでも？」

「いや、ここにたばこが入ってないか、ってね、思ったもんで。やっぱりうちに置いてきちゃったんだな。日に一本だけ、と決めてるもんで」

「たった一本、ですか？　わたしの父も吸いますけど、一日二十本近く吸ってるみたいです。母が健康を心配して、やめてほしい、って言ってるのに、父は全然、やめる気がないらしくって」

「別にね、私は健康のためにそうしてるわけじゃないんですよ。そういうつまらんことでもね、なんでもいいから、何か決め事をしていないと、生きているのも忘れてしまいそうになるもんでね。若い方にこんなこと言ってもわからんでしょうが」

わたしは笑顔を作り、「若い方、若い方、ってあんまり言われると、なんだか早く年をとりたくなってきます」と言った。

彼はまたわたしを見た。その視線の中には、かすかな疑問と不安、警戒心、そしてそれを上回る好奇心のようなものが見てとれた。

「二十二、っていうと、学生さんですか」

「はい。大学にはあんまり行ってませんけど」

「戦争も何もない、平和な時代の学生さんは羨ましいですな」

「父からもいつもそう言われてます」わたしは微笑み、いったん俯いたが、すぐに顔をあげた。「それでその……よかったら、さっきのシメっていう鳥のお話、聞かせていただけませんか」

「話、ったって、つまらん話ですよ。老人の繰り言です」

「聞きたいです。聞かせてください」

わたしが目を輝かせてみせると、彼は小さくうなずいた。「わかりました。じゃあ、お話ししましょう。実は……私は去年の二月の終わりに家内を亡くしましてね」

「まあ」とわたしは言った。そういう話だとは思わなかった。シメの話を無邪気に彼に強要してしまったことを後悔した。どんな言葉をかければいいのかわからなかったので、「お気の毒に」と言うにとどめた。

「わかっていたんですよ、家内が死ぬっていうことは。そういう病気でしたから。わかっていながらじたばたしたって、どうにも仕様がないですしね。家内も自分の死期が近いことを知っていましたんで、どうしても最期の瞬間は家で迎えたい、ってね、私に頼んできたんです。私もそうしてやりたかった。亡くなる二週間ばかり前でしたかね、病院からうちに連れて帰りました。家内はそれはそれは喜びましてねえ。いっときですが、なんだか治ったんじゃないか、って思うくらい元気になって。食事も進んで、痛みもなくなって、毎日、家内と二人、いろんな懐かしい話をして過ごしましたよ」

「素敵ですね」とわたしは言った。他に言うべき言葉は見つからなかった。

老人は続けた。「私どもには子供が授からなかったんです。ですんで、ずっと二人で暮らしてきました。そりゃあ、喧嘩もしましたよ。恥ずかしい話ですが、私が外に女を作って、家内に、悪いが別れてほしいと言ってしまったこともある。家内からも、私みたいな男とは、もうやっていけないから、別れたいと言われたこともある。人並みに夫婦のすったもんだを繰り返してきましたがね、それでも家内と私は離れられませんでしたね」

「いいお話ですね」とわたしはしみじみと言った。老人は静かにうなずいた。

「最後のひとときだと思うとね、おかしなもんですよ。いやなことは全部忘れてしまっていて、楽しかったことしか思い出さないんです。二人でスイスとドイツをまわる旅に出た時のこととかね。出かけていった山奥の温泉で、露天風呂に子連れの猿がひょっこり現れた時のこととか。私も家内も、この町の近くで生まれて、以来、ずっとこのあたりで暮らしてきまして。だから、終の住み処もやっぱり、このあたりにしたいと思ってたんですが、そんな時、今住んでるぼろ家が新築で売りに出されているのを知りましてね。二人ともひと目見て気にいりまして。何がなんでも買おう、ってことに決めてしまいましてねえ。すぐに、それまで住んでいたアパートから引っ越して、毎日、家の中のことをやったり、庭いじりをしたりしてた時期があったんですが、それがどんなに楽しかったか、ってね。そんなことをひとつひとつ思い出しては二人で笑ったり、懐かしがったりしてました。私らは猫を飼っていたんですが、その猫まで嬉しそうに喉を鳴らしながら家内の膝にのぼってきましてね。離れようとしませんでしたね。家内は猫を抱きながら、頬ずりをして、本当に幸せそうにしていました」

わたしは目を細めてうなずいた。老人は必死になってこみ上げてくるものを抑えつけようとしているのか、歪んだ笑顔を作った。

「そんなある朝、シメがやって来たんです」と彼は言った。「わが家では家内が元気だったころ、小さな庭に花を育てるのを趣味にしてまして、軒先に園芸用の道具一式を入れるための小さな物置を置いてたんです。シメはそこに飛んできて、物置の上に止まるなり、いきなり家の窓ガラスを叩きだした」

「ガラスを？　どうやって？」

「嘴（くちばし）を使って叩くんですよ。コンコン、コンコン、ってね。シメの嘴は鉛色っていうんですか、そういう色をしていて、おまけにいかにも固そうでね。コンコン叩く音も大きくて。うるさいなあ、と思って、追い払うんですが、追い払っても追い払っても、またやって来る。そして同じことをする」

「どうして鳥がそんなことを？」

「わかりません。まったくわかりません。ふつう、野鳥はなかなか人に懐かないはずだから、初めのうちは、可愛いやつだと思って見てたんですがね、それが毎朝続くんです。朝六時半くらいから、八時半くらいまでね。ずっと嘴で叩いてる。叩きながら、部屋の中の様子を窺（うかが）ってるみたいにも見える。家内は面白がっていましたが、そのうち私は、なんだか気味が悪くなってきましてね。こいつ、なんのために、と思ったんですよ。ガラス越しにやつの顔が見えるんです。ここところ。こんなに間近にですよ。野鳥なんだから、人間の顔がそんなに近くにきたら怖がってもいいのにね。全然、怖がらない。何を考えているのかもわからない、真っ黒な目をしたまま、私がガラスのこっち側にいるのもかまわず、コンコン、コンコン、気が変になったみたいに嘴で叩き続けるんです」

彼はそこで少し沈黙した。わたしが黙っていると、「それから三日後に」と彼は短く吐く息の中で言った。「家内は息を引き取りました」

わたしは眉をひそめた。「……急に？」

「まあ、そうですね。シメが現れてから、それまで元気だったのに、どんどん弱っていったような感じでしたね」

「……シメはそれからも？」

「いいえ、まったく。家内が亡くなった翌朝からは、来なくなった。そのうち、私もシメのことは忘れてしまったんですが、やつはまたやって来た」

「えっ？」

「今年の二月です」

「また同じようにしたんですか」

「そうです。まったく同じでした。物置の上に止まって、ガラス窓を叩く。コンコン、コンコン、って、しつこく、しつこく、いつまでも。私はね、不吉だな、いやだな、と思っていたんですよ。また誰かが死ぬんじゃないか、って。何の根拠もないことですが、家内の例がありましたからね。……まったく、いやな話です。今度は飼い猫が死んでしまった」

　わたしは両手で口をおさえた。「どうしてそんな……」

「いやいや」と彼は笑いをにじませながら、首を横に振った。「冷静に考えれば、ただの偶然なんです。それはわかっているんです。窓ガラスがね、冬の朝日を受けて光るもんだから、きっと面白がって、つついていただけなんですよ。鳥にはそういう習性があるのかもしれない。飼い猫もね、十八歳で年寄りだったし、腎臓を悪くしてたから、いつ死んでもおかしくはなかった。でもねえ、そういう偶然が重なるとね、なんというか、こう、実にいやなもんでしてね」

「すごくよくわかります」

「シメが何か知らせてるつもりだったのか、とも思えてね。あるいは死に神だったのかもしれない、なんてね、いい年をして、つまらんことを考えるんですよ」彼は力なく笑った。「シメなんていう鳥がうちに来たことは、これまで一度もなかったんです。だから、ふしぎですよ。あれはいったい何だったんだろうと思いますねえ」

　わたしがうなずくと、彼はつとわたしのほうを見て、「いやいや、申し訳ないことです」と言った。「初めてお会いした方に、つまらない話をお聞かせしてしまいました。ヒヨドリのお話を伺っていたら、つい、こんなつまらんことを思い出して……」

「いえ、全然」とわたしは言った。「本当にふしぎなお話ですね」

「お引き止めしましたね。どうぞ、もう、何かご用がおありでしょうから、これで……」

「いいんです。用なんて、なんにもありません。お天気がいいので、ただぶらぶら、散歩に来ただけですから」

「そうでしたか」

力なくそう言って、老人はわたしから目をそらした。またもやわたしは、彼の孤独を感じ取った。それは本当に、どうにもいたたまれないような……叫び出したいのだが、それを許されずに、気持ちの奥底深く封印し、積もり積もって腐敗していく孤独のにおいそのものとしか思えなかった。

「おひとりになられて、さびしいでしょうね。どんな毎日を送ってらっしゃるんですか」詮索しているように思われぬよう、注意しながら、わたしは訊ねた。

「どんな、って」と彼は少しふてくされた口調で言った。「寝て起きて、そこらにあるものを食って、排泄して。ただそれだけの毎日ですよ。家内を思い出すのは毎日のことです。思い出すたびにつらくなります。もうやめようと思うんですが、強迫観念みたいになって、朝から晩まで、家内のことが頭から離れない。死んだ猫までそこに登場してくる。眠っていてすべてを忘れていられる時だけが安息ですよ。若ければ未来もあろうことでしょうが、この年ではね。もうどうしようもありません」

彼の抱える哀しみに、自分でも妙だと思うほど深く共感し、わたしは身が震える思いを味わった。どう言葉をかけていいのかわからず、わからないのだが、気持ちばかりが急いて、わたしは危うく彼の腕をとり、手を強く握りしめそうにまでなった。

「仕方のないことですよ」と彼はため息まじりに言った。「生きているものは必ず死にますから。死なない生き物はいませんのでね。あとは自分が死ぬのを待つだけです。少しでも早くお迎えが来てくれればいいと思ってますよ。それが今の最大の願いです」

「そんな」とわたしは大きく身体をよじって、老人のほうを向いた。「そんな悲しいこと、おっしゃらないでください。まだまだ、長生きなさってください。せっかくこうやって、お知り合いになれたのに。わたしまで悲しくなるじゃないですか」

彼はさびしそうな笑みを浮かべた。「こんなポンコツの老いぼれにお優しくしてくださって、本当にありがたいことです。こうやって、つまらない話を聞いていただけただけでも、今日は幸せでした。ありがとうございました。心から御礼申し上げます。では、私はこれで」

そう言いながら、彼はベンチの背に手を預けながら、よたよたと立ち上がった。そして、わたしに向かって一礼すると、俯き加減に歩き出した。

「あのう」とわたしは慌ててその痩せた背中に声をかけた。「わたし、明日から毎日、この時間にここに来ることにします。もしご都合が合えば、おしゃべりの続きでもしませんか」

老人がだるそうにわたしを振り返った。悲しげな微笑がその口もとを被った。「ありがとうございます。ですが、お気持ちだけで充分です。私なんぞと話しているよりも、お若い方にはもっとたくさん別の楽しみがおありでしょうから」

「そんなことないです。今度お会いしたら、悲しいお話はやめて、楽しいお話をしましょう。ね？　そうしましょう」

老人がしょぼつく目を瞬いた。「いえいえ、そんな……。本当に気を遣わんでください」

「申し遅れました」と言いながら、わたしはベンチから立ち、ぺこりと頭を下げた。「わたし、小夜子といいます。お名前、伺ってもいいですか」

太陽が西に傾き始めていた。木陰の叢で鳴くコオロギの声が大きく聞こえた。公園には相変わらず人影がなかった。

老人は長く伸びた日の光を背に受けたまま、しばし迷っている様子をみせたが、やがて「梅津です」と言った。「四丁目の、あけぼの橋の近くの家に住んでおります」

あけぼの橋、というのはよく知っていた。このあたりを流れる疎水に架かっている橋だった。中学生のころ、クラスの友達と橋のたもとに座りこんで、長々と好きな男の子についての告白をし合ったものだった。

わたしは梅津という老人に笑顔を向けた。「わたしは一丁目に住んでます。反対側ですね。わたしの父はお医者なんですよ。一丁目に木田医院っていうのがあるの、ご存じじゃないでしょうか」

「いや」と梅津は言った。

「校医もやっているので、このあたりの子供たちには有名みたいです」

「キド医院なら知っていますが」

「ああ、やっぱり」とわたしは笑いながら言った。「城戸歯科医院のことですよね？　時々、間違えられるんです。わたしも妹も、城戸先生にはよく虫歯を治してもらいましたけど。うちの父は内科医で、父のやってる医院は木田医院といいます」

「ああ、そうなんですか」

「歯が痛い、って言って、父のところにかけこんでくる患者さんが年に二人くらい、いらっしゃるみたいで」わたしはくすくす笑った。「父はいつも言ってます。やれと言われたら、馬でも牛でも犬でも診察して、なんとか一時しのぎの薬を与えることはできなくはないだろうけど、人間の歯だけはだめだ、金輪際、だめだ、なんにもわからん、って」

「面白いお父上ですね」

「はい」とわたしはうなずいた。「よく笑わせてくれるんですよ。小学校の児童たちは父に『赤ぶた先生』っていうあだ名をつけてるんです。ご覧になればわかりますけど、外見はほんとにその通り。それでね、父のいないところで、わたしと妹がその話をして笑ってると、母から『お父さんのことをそんなふうに言うのはやめなさい』って叱られて。そのくせ、そう言いながら、母は笑いをこらえてるんです。すっごく可笑しいんです」

梅津、という老人は顔を皺くちゃにして微笑を浮かべた。「楽しいお話だ。実に楽しい」

「ええ」とわたしも微笑み返した。「今度お目にかかったら、そんなお話もまた」

梅津は、何度繰り返しても飽き足らないかのように、また「ありがとうございます」と言って、わたしに頭を下げた。

梅津は公園から去って行き、まもなく木立の向こうに姿が見えなくなった。一人残されたわたしは、ふいに何か奇妙な、とりとめのないような気持ちに襲われ、思わず両腕で自分の身体をくるみこんだ。

遠い西の空で、カラスが鳴いていた。公園には相変わらず誰もいなかった。急に日が翳ったように感じられた。緞帳でも下ろされたかのように、あたりが一斉にうすぐらくなった。

心細いような気分に襲われた。わたしはベンチから離れ、公園を出て、光の射さない路地を家に向かって歩き出した。

その翌日から、午後、小さな公園に出かけていくのがわたしの日課になった。時間を決めていたわけではない。必ず会う、と約束したわけでもない。むしろ、梅津は乗り気ではなさそうだった。なのに、雨の日以外、梅津はほとんど毎日、同じ時刻に同じベンチに座ってわたしを待っていた。

わたしを見つけると、彼は軽く片手をあげ、「やあ」とか「どうも」とか「いやいや」などと言ってきた。照れているようにも見えた。

わたしはそれを受け、笑顔で「こんにちは」と言う。続けて、「少し肌寒くなりましたね」「ゆうべはすごい雨でしたね」「今日は汗ばむような陽気ですね」などという天候の話をする。そして、そっと彼の隣に座って、空を仰ぎ、深呼吸する。

会うたびに、今日もお会いできて、よかった、と言いたいのだが、あえて言わずにいる。そんなことを言うと、梅津はいっそう照れてしまい、会話がぎこちなくなるかもしれないと思うからである。

わたしは梅津に、今朝、何を食べたのか、何をしたか、ゆうべはどんなテレビを観たのか、などという他愛（たわい）のない質問をしてみたかった。亡くなったという妻の話や愛猫の話も、もっと聞いてみたかった。

そうすることによって、彼と彼の孤独を分かち合い、彼の気持ちもまた、安らぐだろうと思ったのだが、彼はたいてい、そんな話は退屈で面白くないから、と言って途中でやめてしまった。そんな話よりも、小夜子さんのご家族の話を聞かせてください、と言ってきた。

家族のことに話を向けられると、わたしはついつい嬉しくなり、張り切ってしまう。いくら彼に語っても、語り尽くせないことのように思えるからである。

わたしは一人語りで延々と、自分の家、父や母のこと、妹に関する話をしゃべり続けた。いくらなんでも、と思って途中で話すのをやめ、「こんな話ばかり、ずっと聞いてらしても、つまらないんじゃないですか」と訊ねてみるのだが、梅津はちっともつまらなそうな顔はみせない。

それどころか、さも楽しそうに、熱心にわたしの話に耳を傾けてくれている。どうぞどうぞ、先を続けてください、と言ってくれる。

それが嬉しくて、わたしはまたいっそう、勢いづく。自分の家族の幸せな毎日を、彼に向かって飽きずに語り続けてしまう。

決して広くはないが、鬱蒼と木々が繁っている庭の話。そこに植えられている木々。グミの木、椿、木蓮……。両親の寝室の隣の和室には、母専用の鏡台があり、鏡にはいつも、庭の青葉が映しだされている。その鏡台の前に座り、化粧をしたり、髪の毛をとかしたりしている母の顔は、瑞々しい青葉の中に浮かんでいて、いっそう美しい。

虚弱な妹が、朝起きて、食欲がない、と言うと、決まって冷たいカルピスが食卓に出される。それがあまりにおいしいので、妹が「食欲がない」と言ってくれるのを心待ちにしていたわたし。

父はそれを見抜いていて、「絵美に乗じて、朝からカルピスばっかり飲んでちゃだめだぞ」と笑う。「小夜子はちゃんと食べて、もっともっと大きくならなきゃ」

わかっていても、ストローで少しずつ吸う、氷の浮いた冷たいカルピスはやめられない。とはいえ、わたしはきわめて健康な子供だった。何杯もごはんを食べ、絵美が残したおかずも平らげ、そのうえ、カルピスまで飲みほして、そうしながら内心、妹にこの健康を分けてやりたい、代わってやれるのなら、妹の身体と代わってやりたい、と思っていた。

日曜の朝、母が先に起き出す気配を感じると、わたしはすぐに枕を手にして、両親の寝室に行き、父の寝床にもぐりこんでいく。それが子供のころの習慣だった。

かすかにたばこのにおいがしみついている父の布団。まだ眠たげにしている父は、目を閉じたまま、わたしを抱きよせてくれる。台所から、母がまな板の上で何かを刻んでいる音が聞こえる。味噌汁の香りが漂ってくる。

そのうち絵美もわたしのまねをしてやって来て、同じように父の布団の中にもぐりこもうとする。父は絵美を手伝って、よっこらしょ、と言いながら布団の中に入れてやる。

父は「両手に花だなあ」と言い、幸福そうに笑ってわたしたちを両側に寝かせたまま、ぎゅっと抱きしめてくる。わたしは歌を歌い、絵美もそれに合わせて口ずさむ。父も歌いだす。わたしたちは互いにくすぐり合いっこをして、笑う。三人で足をばたつかせるものだから、布団がどこかに飛んでいってしまう。

そんな朝は、外で降りしきっている冷たい雨の音までがやさしい。やがて母がわたしたちを起こしに来る。開け放たれたカーテンの向こうのガラス窓には、うす靄のような淡い光が湛えられている。冷たい雨の降る、明るく幸福な日曜日である。

……そんなとりとめもないわたしの話を、梅津は眉ひとつ動かさずに聞いてくれた。時間のたつのも忘れ、わたしは夢中になってしゃべり続ける。あとからあとから、思い出されてくることがあって、止まらない。そのうち日が暮れてくる。

ごめんなさい、こんな時間までお引き止めしちゃって、とわたしは言う。心底、申し訳なく思いながら梅津に謝る。

梅津は、「いやいや、かまわんのです」と言う。「いいお話でした。今日のお話も、とっても心にしみました」

「退屈しませんでしたか。いつもわたしばっかりしゃべってしまって、なんだか恥ずかしいです」

「恥ずかしいことなんか、ちっともありませんよ。いいお話はいくら聞いても飽きませんから」

「そう言っていただけると、わたしも嬉しいです」

「いやいや、こちらこそ」

そうしてわたしたちは帰途につくためにベンチから立ち上がり、互いに軽く一礼し合う。一緒に途中まで、とも言わない。どちらも何も言い出さない。

いつも梅津のほうが先に公園から去って行く。わたしが見送る。

何故なのか、わからない。そうしなければならない、という規則でもあるかのように、わたしたちはいつもそうやって別れ、そして翌日か、翌々日、また同じ場所で会うのだった。

梅津とそうやって会うようになってから、瞬く間に時が流れていった。

秋も日毎(ひごと)に深まって、もう、金木犀(きんもくせい)の香りはしなくなった。代わりに木々の葉は少しずつ勢いをなくし、色づき始め、空き地にススキの穂が揺れるようになった。空はいっそう高くなり、日が暮れるのもさらに早くなった。

だが、公園に行けば、必ずといっていいほど梅津がいた。梅津はわたしを待っていたし、わたしもまた、梅津と会うのが楽しみだった。語りたいことが山のようにあり、それは毎日、時間を費やして彼に語っても、到底、語り尽くすことができないほどだった。

十月も終わりに近づいたころ、わたしは決心した。明日、梅津に会ったら、誘ってみよう、と心に決めたのだ。

うちにいらっしゃいませんか、と誘うのだ。母の手作りの五目ちらし鮨を召し上がっていただきたいんです。母も父も、大歓迎です。梅津さんのお話を両親にしたところ、それはぜひ、ご招待なさい、と言われました。ご都合のいい時に、いつでもどうぞ……そう言うのだ。

いや、その誘い方では、彼はかえって遠慮してしまうかもしれない、とわたしはただちに思い直した。もっとさりげなく誘ったほうがいいのかもしれない。

いらぬ親切や束の間の友情を押し売りしているように受け取られたくなかった。そもそも、わたしにはそのような気持ちはなかった。わたしはただ、老いた梅津にわたしの家族の温かさを、ほんのいっとき、分けてあげたかっただけだった。

翌日もわたしはいつもの時間に小さな公園に行き、いつものベンチに座ってわたしを待っている梅津の姿を見つけた。

曇り空の拡がる、うすら寒い日だった。梅津は寒そうに身体を縮めながら、わたしを見てうすく微笑んだ。これまでにないことだったが、どこか疲れているように見えた。

「今日はね、わたし、梅津さんにプレゼントをもってきたんです」わたしは弾んだ口調で言った。「プレゼントっていうのも変なんですけど、ねえ、梅津さん、うちに遊びにいらっしゃいませんか。両親には梅津さんのこと、よく話してるんです。前から、一度ご招待してさしあげればいいのに、って言われてました。出すぎたことをするのもどうかと思って、これまで黙っていたんですけど、でもやっぱり、お誘いしようと思って。父も母も妹も、梅津さんに会いたがってます。本当に遊びにいらしてください。ご都合がよかったら、今日、これからでも……」

梅津はおそろしく静かな瞬（まばた）きをして、わたしを見た。何も言わなかった。

わたしは微笑みかけた。「梅津さんが、遠慮なさるだろうな、ってこともわかってました。でも、本当になんにも遠慮はいらないんです。母はね、前もお話ししたと思いますけど、五目ちらし鮨を作るのがものすごく上手なんですよ。本当のことを言うと、今日、母は朝からちらし鮨を作ってて、いつでも食べられるようになってるんです。今日は父も家にいますし、いついらしてくださっても、ちっともかまわない、って両親は……」

「いやいや」と梅津はかすれた声で言い、首を横に振った。「せっかくのお誘いではありますが……」

「何かお約束でも？」

「いや、そうではないですが」

「今日じゃなくてもいいんです。明日でも明後日でも。ほんとにいつだって……」

「私は」と言い、梅津は悲しそうな顔をしてわたしから目をそらした。「お宅に伺う

ことはできないのです」

「え？　どうして？」

「できないのです。ただ、それだけです」

「もしかして梅津さん、こんなふうに誘われるのはご迷惑だと思ってらっしゃるのかしら。だとしたら、わたし、申し訳ないことを……」

「いや、違う。誤解しないでください。決してそうじゃない。でも、私はお宅に行くことはできないんです。伺いたいと思っても、できないんだ。それだけはわかっていただかなくては」

いつもの梅津の口調と、どこかが異なるような気がした。わたしは焦りと不安と悲しみが入り交じったような、落ちつかない気持ちで彼を見つめた。

「何をおっしゃっているのか」とわたしは言った。「梅津さん、わたしの家族の話を喜んで聞いてくださっていたので、お誘いすれば来てくださると思ってました。何かお気にさわることでも？　もしそうだったら、教えてください」

「そういう意味じゃないんだよ」と梅津は呻くように言い、わたしから顔をそらした。「違う。そういう意味では、全然ない。わからないんですか」

「わかりません」とわたしは息がつまるような想いで言った。本当にわけがわからなかった。深い悲しみがわたしを打ちのめした。

湿りけを帯びた冷たい風が吹いてきた。木々の梢で、色あせ、枯れ始めた葉がざわざわと音をたてた。空には重たく雲がたれこめていた。今にもひと雨きそうだった。

「どうしてわからないのか……」梅津は大きく前かがみになって両手で顔を被い、弱々しく言った。「まだわからないんですね。どうしてなんだろう。いつわかっていただけるのか……」

何を言われているのか、わからない。わたしは梅津を見た。彼はつと、顔から手を放し、前かがみになっていた姿勢を元に戻して、わたしのほうに向き直った。その顔には、これまで見たことのない怯えが走っていた。

「小夜子さん、あなたは」と彼は言った。死を迎える寝床で、死んでいこうとする者が最後の力をふりしぼって何かを言おうとしている時のような、黙した壮絶さが感じられた。「こんなことを私があなたに教えることになるとは、思ってもみなかった。いつか必ずあなたが気づいてくれると思っていた」

「何のお話？」わたしはそう訊いたが、声になっていないように感じられた。

「あなたはね、小夜子さん」と梅津が言った。「あなたは大好きなお父さんに殺されたんだ。きれいなお母さんと可愛い妹さんと一緒に」

「いったい何を……」その先の言葉が続かなかった。不吉な黒いあぶくのようなものが無数にわき立ち、それがみるみるうちにわたしの内臓を浸していくように感じられた。

梅津が続けた。しゃっくりをこらえながらしゃべっているような言い方だった。

「昭和四十五年……今から四十二年も前のことです。一丁目の木田医院の木田先生が、自宅で奥さんと二人の娘さんに睡眠薬入りの葡萄ジュースを飲ませて、三人が眠ったのを見届けてから、首をしめて殺害したんです。その後、三人の身体をきれいに清めて、着替えをさせて、布団に寝かせて、先生は自宅の納戸で首を吊りました。痛ましい一家無理心中事件として、全国のトップニュースになったものです。……あれから長い長い時間が過ぎました。この町も都市開発でいろいろと変わってしまって、あの事件のことを覚えている人は少なくなった。今ではもう、木田、という名前を耳にしても、あの事件と結びつける人は数えるほどしかいない。でも、私は……私は、覚えていました。たぶん、家内も、生きていたら、覚えていたでしょう」

梅津の目に涙が浮いた。怯えるあまりか、彼はがたがた震えていた。

わたしは烈しいめまいを覚えた。自分が自分でなくなっていくように感じる。魂が細かい細胞分裂を繰り返し、やがて小さな欠片になり、風に乗って吹き飛ばされていくような感じがする。

「だから、だから」と梅津が言った。涙声だった。「だから、一丁目には木田医院はもうないんです。あなたの家もない。あなたもいないし、人殺しはしたけれど、家族想いのやさしかったお父さんや、五目ちらし鮨を作るのがうまい美人のお母さん、身体の弱い可愛い妹さんもいない。だから私は、私は……そうやっていくら誘っていただいても、いくら御心にとめていただいていても、お宅に伺うことはできないんです」

ああ、とわたしは声に出して呻いた。自分の声ではないように感じられた。

巨大な黒い塊のようになった記憶が、わたしの中に怒濤のごとく押し寄せてきた。思い出したくないこと。二度と決して、甦らせたくないこと。なかったこととして、永久に葬り去ったはずのこと。

わたしが二十一になった年の夏、父が大変な借金を背負った。賭け事もせず、分不相応な贅沢もせず、律儀でやさしくて、困った人をみれば救いの手をさしのべることはあっても、金に困るような人生を送ることから無縁でいられた父だったのに、その父が古い友人の借金の連帯保証人になったことから、すべての瓦解が始まった。

医大時代の親しい友人だったというその男は、医師国家試験に何度か落ちてから医者への道をあっさりと諦めた。事業を始めるとかで、次から次へと不動産購入に手を出していたが、借金は雪だるま式に増え続け、あげくの果てに彼は姿をくらましてしまった。

父はその男の借金の肩代わりをしなければならなくなった。それはおそろしいほどの莫大な金額だった。

連日、夜遅くまで父と母は居間でひそひそと何か話していた。親類筋の人間が家にやって来ることも多かった。時折、罵声が聞こえた。母のすすり泣きの声がそれに混ざった。

どうやってその金を返済していたのかはわからない。父は笑わなくなった。話しかけても答えなくなった。

母はわたしにだけ、家の事情を明かしてくれた。だが、娘にそんな話をした、ということを知ると、父は激怒し、母を平手で何度も打った。

母は泣き、逃げまどい、わたしは父がおそろしくなって部屋にこもった。何日も何日も、家族が顔を合わせない日が続いた。

医院にやって来た小学一年生の男の子の病気を父が見落とし、手遅れになってその子を死なせてしまったのは、翌年の春だった。大きな誤診をした内科医、ということで町中に噂がたち、木田医院にやって来る患者の数は激減した。

父は酒に溺れ、ふさぎこむようになり、母はどんどん痩せていった。家の中には汚れが目立ち、食事をする時間帯もばらばらになった。絵美はいつも以上に体調をくずし、寝つくことが多くなった。

そんなある日の夕方、「おおい、いいものを買ってきたぞ」と言う父の明るい声が玄関で響きわたった。おそるおそる母と一緒に玄関に出てみると、にこにこ笑う、懐かしい赤ら顔の父がそこにいた。

その手には、上等の木箱に入れられた高級な、輸入ものの葡萄ジュースの袋が提げられていた。袋には有名なデパートの名前が入っていた。

秋の夕暮れだった。外にはすでに夜のとばりが下り始めていた。少し肌寒かった。父は鼻唄(はなうた)まじりに居間を自らの手で掃き清め、煌々(こうこう)と明るい電燈(でんとう)を灯(とも)して、わたしと絵美に食卓につくように言った。

そんなふうに明るく闊達(かったつ)にふるまう父を見るのは、本当に久し振りだった。わたしはあまりに嬉(うれ)しくて、泣きたい気持ちにかられた。

初めのうち、母は怪訝(けげん)な表情をしていたが、以前の父がもどってきたことに喜びを隠せなかったのだろう。「夕御飯の前だけど、そんな上等なジュースを飲むのなら、お菓子も一緒にいただきましょうか」などと言い、いそいそと菓子の缶からクッキーを取り出し、皿に並べ始めた。

父は台所に行って、冷蔵庫の製氷室から氷を取り出し、コップに葡萄ジュースを注ぎ、食卓に運んできた。父は終始、穏やかな、落ちついた、幸福そうな顔をしていた。わたしたちはみんなで食卓を囲み、葡萄ジュースを飲んだ。クッキーを食べた。ジュースは濃厚な、飲みつけない味がした。クッキーは湿っていた。

あの時、どこかでシメという鳥が窓ガラスを叩いていただろうか。コンコン、コンコン、と鉛色の固い嘴で、わたしの家の、飴色の明かりが溶けだした、暗い庭の片隅からこちら側を覗いて、ガラスを叩き続けていただろうか。

いや、そんなことはない。どこにも鳥などいなかった。

わたしが最後に見ていたのは、絶えることなく幸福な時間が流れていた自分の家、そこに集う家族だった。わたしが最後に耳にしていたのは、父の大らかな笑い声と、母の美しい足がこすれてたてる、畳のかすかな音、絵美が両手ではさんだコップからジュースを飲む、ごくごく、という柔らかな喉の音だけだった。

梅津がわたしを見ている。梅津の顔は涙で濡れ、皺くちゃになっている。

「でも、でも……」と梅津が言っている。「私はどんなに嬉しかったか。あなたがこの世のものではないとわかっていても、どんなに嬉しかったか。いけないこととわかっていて、毎日、あなたと会って、お話を伺えることが楽しみでした。幸せでした。いつまでも、いつまでも、これが続けばいいと思っていた。でも、こんなことを続けていてはいけない。絶対にそうしてはならない」

わたしは口を開く。「なぜ」と訊きたいのだが、声にならない。壜(びん)の中でしゃべっているような音がわたしの耳元に響くだけ。

「あなたはもう、お帰りにならなければ」と梅津が言う。しみの浮いた、やつれた頬に涙が伝っている。「お会いできなくなるのはさびしい。とてもさびしい。でもあなたから聞いた幸福の家のお話は私の胸にしみました。私は勇気づけられました。私まで幸せになりました。忘れません。御礼を言います。本当にありがとう」

幸福の家……わたしの荒れ果てた心の中に、その言葉が温かな蜜(みつ)のようになってしみわたる。長い長い時間が巻き戻される。時間は烈しく渦を巻いている。

ごう、と大地が揺れるほど大きな風の音が響いたかと思うと、目の前の梅津の顔が水の中で見るそれのようになった。

その直後、わたしは自分が渦を巻いた時間の中に吸いこまれ、どこか遥(はる)か彼方(かなた)の、かつて自分がよく知っていた懐かしい楽園に向かって、風を切るように落下し続けていくのを感じた。

坂の上の家

今日もまた、外に人の気配を感じる。

外、と言っても、どこなのかよくわからない。庭のような気もするし、玄関の周辺、あるいは浴室の窓のあたりのような気もする。

別に誰かが大きな音をたてて家のまわりを歩いている、というわけではないし、窓に小石が投げつけられたり、庭に空き缶が投げこまれたり、ということでもない。ただ単に何かの気配がする、というだけで、それ以上は何とも説明がつかないのだが、ともかく家の外に誰かがいて、ざわざわと空気が動いているような気がするのである。

あ、と私は小さな声を上げ、椅子から立ち上がった。今は、玄関の外だ。玄関のあたりに誰かがいる。そう。玄関に違いない。

見つけたら警察に訴えてやるつもりでいた。逃げ去って行く後ろ姿だけでも確かめたい。男なのか、女なのか。子供なのか、中年なのか。一人なのか複数なのか。それだけでも確かめられればこちらのもので、そうなったら警察に行き、事情を説明して何か手段を講じてもらおうと決めている。

私は書斎を出て玄関に走った。音がしないようにそっと三和土に降りて、息をひそめながらドアスコープを覗いた。小さな丸いレンズの向こうには、連なる夾竹桃の垣根が見えるだけで人影はない。

ドアチェーンをかけたまま、ドアを開けてみた。誰かがいたとしたら、慌てて逃げ去る音がするはずなのだが、何も聞こえなかった。

チェーンを外し、外に出た。身構えながら「誰？」と大声で聞くつもりでいたが、誰かがいるような様子はなかった。

陽射しが強く、どこもかしこもぎらぎらしている。夏のむっとする草いきれが感じられる。遠くの空でかすかに雷鳴が轟いている。今日もまた、ひと雨きそうである。

肩すかしを食らったまま、庭にまわってみた。小さな庭である。庭を囲っているフェンスは低いし、背の高い木もない。あるのは手入れのあまりよくない花壇だけ。隠れるような場所もないから、こんなところに誰かがひそんでいるはずもなかった。

念のため、と思って庭を横切り、家の北側を覗いた。トイレや風呂場の窓が並んでいる。捨てよう捨てようと思いながら、ずっと捨てるのを忘れてきた、古くなったプラスチック製の空のビールケースが見える。近頃は缶ビールしか飲まなくなったが、以前はよく瓶ビールをケースで酒屋に注文していた。その時、酒屋に返し忘れたケースがそのままになっているのだ。

ケースの中で何かが動いたような気がした。病気の猫がもぐりこんでいるのかもしれない、と思った。いや、猫が中でお産をしたのかもしれない。ずっと感じていた気配はそのせいだったのかもしれない。このあたりには野良猫が多いから、案外、そんなことだったのかもしれない。

私は足をしのばせてビールケースに近づいた。猫は嫌いではない。子猫が元気でいたら、うちで餌をやってもいい。都心はもちろんのこと、郊外の住宅地にも鼠が多数、生息している、とこの間のニュースで言っていた。鼠が出始めたら大事なので、猫を飼っておくのはいいかもしれない。

中を覗いてみた。ぞっとするほど大きな蟋蟀が数匹、ケースの奥の、色褪せた新聞ちらしの上を這いずりまわり、時折、ぴょんと跳ねているだけだった。

雷鳴の音が少し強くなった。だが、日はまだ陰ってはいない。近くの木で油蟬が鳴き出した。日向に佇んでいると汗がにじみ出てくる。坂の下の道路を行き交う車の音が、遠くに聞こえる。

私は霊魂の存在など一切信じていない。あなたね、それは亡くなったお母さんの霊がさまよってるのかもしれないわよ、ちゃんと供養してる？　お経、あげてもらってる？……そんなふうに大まじめな顔で言ってきそうな知人の顔が、幾つも思い浮かぶが、そういう人間の顔を思い出しただけで笑ってしまう。

死んだ母の亡霊？　母は今、墓石の下でぐっすり眠っているはずだ。人生などという厄介なものから、めでたくも永遠に解放されたのである。少なくとも、私が母だったらそうする。

亡霊話など、どうだっていい。今、この家の周囲をうろついているものが何なのか、それが知りたい。

家は急な坂道を上りつめたところに建っている。視界を遮るものは何もないし、車が上がってくる音はすぐに聞き分けられる。たとえ誰かが徒歩でここまで上がってきたとしても、逃げようと思ったら、坂道を走り下りていくしかなく、その場合、隠れるような場所もない。

坂は向かって右側がゆるやかな赤土の崖(がけ)になっていて、頑丈そうなガードレールが並んでいる。左側には四階建ての安普請の小さなマンションが建っているだけ。坂道の上り下りに閉口するのか、老人や子連れの若夫婦はすぐに出て行ってしまい、住んでいるのは学生やＯＬばかりである。

昼間は誰もいなくなって、物騒と言えば物騒だが、マンションの周辺には目立った木立もなく、どう見ても人が隠れひそむような場所はない。しかも、マンションには管理人が常駐している。午日中(ひるひなか)、どこかに誰かが隠れていたりしたら、すぐに見つかってしまうはずである。

逃げも隠れもできない、と知っていて、やって来る人間がいるのだとすれば、確信犯、ということなのだろうか。そうだとして、私のように結婚はおろか、まともに男とつきあったこともなければ、恋だの愛だの、経験したこともなく、まして借金もしたことのない人間に、いったい何の恨みがあるのだろう。

仕事を続ける気がしなくなった。私は家に戻り、南向きの濡れ縁に面した八畳の和室に行って、背の低い茶箪笥の上に飾ってあるドールハウスをしげしげと眺めた。

死んだ母が最後に作ったドールハウスである。外観や庭はもちろんのこと、内装も中に置いてある家具の一つ一つ、カーテンの一枚一枚に至るまで、今のこの家と全くうりふたつに出来ているミニチュアサイズの家である。

母の形見という意味で、茶箪笥の上に飾っているのだが、このドールハウスはこういう場合、実に役に立つ。ただの平面図ではなく、家自体が立体になっているので、誰かがこの家に侵入しようとした場合、どこから来て、どのように入ってくる可能性があるか、容易に推理できる。

私はドールハウスを座卓の上に運び、楊枝立てから爪楊枝を一本取り出して、それを人間に見立てて動かしてみた。ここ、と私は声に出して言う。ここからこうやって入って、庭にまわって……ううん、庭にまわったりしたら姿を見られてしまう可能性があるから、そのまま裏にまわるんだわ。そして、このあたりに立っていたとしたら……そう、ここはお風呂場のあたりだし、窓は開けてあるから、中の音がもれて聞こえてくる可能性がある。誰かが何かの目的で、私のふだんの行動を知りたいと思っていたら、ここに立っているだけで、或る程度のことはつかめるのかもしれない。だってほら、私の書斎はここだし、電話はここにあるし、電話で喋っている声も、この場所だったらまる聞こえじゃないの……。

暑い時、私はいつも風呂場の窓も、脱衣室に続くドアも全部、開けっ放しにしていた。窓には網戸はもちろん、頑丈な面格子がついているので、防犯上、何の問題もないからなのだが、これからは閉めておいたほうがいいのかもしれなかった。

私は爪楊枝を放り出すと、急いで風呂場に行き、開けておいた窓を閉め、鍵をかけた。脱衣室に続くドアもきちんと閉めた。外の空気が遮断され、どこか遠くの空を飛んでいるヘリコプターの音も聞こえなくなった。

なんだかそれだけのことで、いろいろなことが少しずつであっても、片づいていくような気がした。こうやって、一つ一つ、可能性があると思われることを丹念に消去していくしかない。今のところは、そんな方法しか考えられない。

二週間ほど前だったか、家にやって来た田沢にその〝気配〟の話を打ち明けると、彼は「気のせいですよ」と言って笑った。「幻聴ですよ、幻聴。いったん思いこむと、また何かが聞こえるかもしれない、って思うもんでしょ、人間って。聞こえもしなかったものが聞こえたような気になるんであって、それだけのことですよ」

「でも、具体的な音が聞こえるんじゃないのよ。私が言ってるのは音じゃないの。気配なの。何て言ったらいいのか、うまく説明できないんだけど、ざわざわした感じ、って言うの？　家の外で空気が動いてるみたいな気配があって、ほんとに誰かがどこかで私のこと、じっと見てるような、そんな気がするのよ」

「だったら風のしわざかもしれないですよ。ここはさ、こんなに高台だから、風のあたり具合も違うだろうしね。だから変な音に聞こえたり、風がぐるぐる渦をまいて家をまるごと包みこむもんだから、それが変なふうに感じられたりするのかもしれないしね」

　そうね、と私は曖昧にうなずいた。風なんかじゃない、と言いたかったが、その言葉は飲みこんだ。じゃあ、やっぱり人間なのかな、と田沢がつぶやき、少し心配そうな顔をされたら、いよいよ怖くなると思ったからだった。

　私は翻訳の仕事をしていて、編集者の田沢は時々、この家に原稿を取りに来る。とはいえ、原稿を取りに来ているのか、酒を飲みに来ているだけなのか、わかったものではない。来れば私がお愛想にビールを勧め、田沢は嬉しそうに「ではほんの少し」と言う。そして気がつくと、ビールの空き缶やら焼酎、ウィスキーの瓶を前にして、だらだらと飲み続けている。

　私の仕事の話など、どうでもよくなり、田沢はそのうち勝手に冷蔵庫を開けて「先生、ビールもう一缶いただきますよ」などと言い出す。そうこうしているうちに終電に間に合わなくなり、酔っぱらったあげく、居間のソファーで毛布をかぶって朝まで寝ていったことさえある。

　人の家に来てそんなに飲むのなら、手みやげの一つでも持ってくればいいのに、と内心、腹を立てることもある。田沢がごくたまに持って来るものといったら、コンビニで買ったに違いないサキイカだのタコの燻製だのポテトチップスだの、せいぜいがその程度だ。

　学生じゃあるまいし、手みやげが乾きものとは聞いて呆れる。若いせいで気がつかないのか、気がつかないふりをしているだけなのか。若いと言ったって、三十も半ばを過ぎ、離婚も経験している大人である。何も言わずに田沢のために酒を出し、今日の酒の肴は何がいいだろう、と考えながら、一緒になって飲んで酔ってしまう私もいけないのだが、年上の女らしく、いずれは人の家を訪ねる時の常識について、説教してやろうと心に決めている。

　その田沢が、今日もここに来る。昨日電話がかかってきて、「お原稿のほうはいかがでしょう」と聞くものだから、つい、「進んでるわよ」と嘘をついてしまった。

本当は何もできていない。だが、どうせ、田沢はそれを取りに来るという名目でやって来て、飲んでいこうと算段しているだけなのだ。酒につきあってやりさえすれば、問題はない。

田沢が来たら、改めてまた、この〝気配〟の話をしようと私は思った。母が作ったドールハウスを見せて、彼にもいろいろ推理してもらえばいい。お風呂場(ふろば)の外があやしいと思わない？　と私が聞いたら、彼は何と答えるだろう。

こんなことが続いて、冗談ではなく、そのうち夜中に強盗に入られないとも限らなかった。この家に住んでいるのは私一人だということは、相手もすでに見当をつけているはずである。易々と私を殴りつけ、気を失っている間に目ぼしいものを物色して逃げて行くつもりでいるのかもしれない。下手をすれば、その際、証拠湮滅(いんめつ)を考えて、家に火をつけていくことも考えられる。

やれるものならやってみなさい、と思うのだが、いざ、そうなってみたら足がすくんで叫び声ひとつ、上げられなくなるに決まっていた。叫んだところで、隣のマンションから誰かが助けに来てくれるはずもないから仕方がないのだが、ともかく私は、そんな馬鹿げたことで死ぬのは真っ平である。

空が雲に被(おお)われて、あたりが急に暗くなってきた。

窓の外に拡がる遠くの空に、時々、閃光が走る。庭先で鳴きしぐれていた蟬の声が間遠になっている。風も少し出てきたようだ。濡れ縁の軒先で南部鉄の風鈴が、ちりん、と弱々しい音をたてた。

私は濡れ縁に出て、白い花をつけたナッツバキの木の向こう、フェンスの外側に拡がっている景色を眺めた。晴れていれば、その位置から遠く奥多摩の山並みが見渡せる。だが、今は遠景は雲に霞み、山並みが見えるどころか、手を伸ばせば灰色の空が摑めそうだ。

父は二十数年前、この家を建てた後、女と暮らすために出て行った。初めっから、そのつもりだったのよ、と母は後になって言ったものだ。あたしたちにこの家、残して、これで文句はないだろう、って言わんばかりに、最初っからあの女と暮らすつもりでいたのよ、と。

そうかしら、お父さんに限ってそんなことはしないと思う、ただの偶然よ、と私は言ったが、母の精神状態が不安定だったからそう言ったまでで、実のところ、私もずっとそう考えてきた。父は女と一緒になりたくて家を建て、私と母にあてがったのだ。

新築だったこの家に、父はほとんど帰らなかった。帰って来たと思った時は、もう、母との間で別れ話を始めていた。金切り声をあげて罵る母を尻目に、父は黙々とボストンバッグに衣類を詰め込み、出て行った。じゃあな、とも、すまない、とも、何も言わなかった。

坂の下に見慣れぬ白い小さな車が停まっていて、その脇に黒っぽい服を着た女が泣きそうな顔をして立っていた。父は坂道をゆっくりと下りて行った。女は父の手からボストンバッグを受け取ると、車の後部座席に押しこんで、つと、父を見上げた。父は女の肩を軽く抱き、その後、二人は車に乗って走り去って行った。

とはいえ、私がそんな最後の光景を実際に目にしたわけではない。後で母から聞いただけで、母はその話をしながらさめざめと泣いた。あんな女、と吐き捨てるように言った。そして、飲んでいたお茶を口にふくんだと思ったら、急にそれを飲みこむ気力が失せたようになって、だらしなく開けた唇からだらだらとお茶をこぼした。

どうしたのよ、と聞いても応えなかった。母の目は光を失っていた。

私はその年の春、大学を出て念願だった映画の配給会社に就職したばかりだった。だが、母の入退院やら、自殺未遂騒ぎやら、泣いたり塞ぎこんだり、三日ものを食べずにいたり、かと思うと突然人が変わったようになって庭に降りるなり、日射病になって倒れるまで庭の草むしりを続けたりすることに不安を覚え、勤めは辞めざるを得なくなった。

離婚の際、父が母に支払った慰謝料はたっぷりあった。母名義になっている都内の土地を人に貸し、そこから定期的に入ってくる収入もあった。金には困らなかったが、長い将来を考えれば不安がないわけではなかった。

私が自宅で翻訳の仕事を始めるようになったのはそのためだ。もともと語学には自信があった。まだ父と母がうまくいっていた頃、夏休みを利用して、二度にわたってイギリス旅行をさせてもらったし、大学で知り合ったアメリカ人と中国人のハーフの男の子とつきあって、面白半分に英語で会話を交わしながら、原書で小説を読んだりもしていた。

私が翻訳しているのは、ハーレクイン小説によく似た、イギリスロマンス小説のシリーズものである。「私のこと愛してる？」とヒロインが男に訊ね、涙ぐむシーンが、一つの作品の中に最低三回は出てくる。ひどく馬鹿げた通俗的な内容で、今も昔も、翻訳しながら苦笑しない時はなかったが、出せば必ず売れた。おかげで結構な収入になり、家計はうるおって、そのことに安堵したのか、母の具合は少しずつよくなっていった。

医者から「これでもう、ひと安心」と太鼓判を押されるまで回復したのは六年前。人が変わったように性格まで穏やかになり、母はいつでも微笑を絶やさない、夢見る少女の顔になった。

箱庭療法の延長で始めたドールハウス作りに夢中になり出したのも、その頃からだ。初めのうちは、家にあるボール紙やお菓子の空き箱、引き出しの奥にしまってあった千代紙、台所のアルミホイル、針金、裁縫箱の中におしこんである端切れやリボンなど、有りものを利用しただけのものだったが、やがて少しずつ本格的になっていった。

駅前で小さな化粧品屋を営んでいる、坂井さんという奥さんがいる。坂井さんは私よりも三つ年下で、母にしてみれば娘のような年齢だったが、二十代のころからドールハウス作りを趣味にしてきた。母は私が知らない間にその坂井さんと親しくなり、いろいろ教えてもらったらしい。

ビーズやマチ針の先を使って、ドアや家具の把手(とって)を作る。切手を利用して壁に掛ける絵を作る。粘土にマーカーで着色すれば、豆粒ほどの小さな果物や花ができる。窓ガラスの部分はアクリル板を利用し、屋根は本物のスレートを小さく切って貼りつける。

それらを作るための専用カッターやら専用ボンド、ピンセット、ミニチュア専用の毛糸や綿糸、庭を作る時に使う着色された苔(こけ)や砂利などは、通信販売ですべて簡単に手に入る。そんなことを教えてくれたのも坂井さんだ。

母は坂井さんから借りてきたドールハウスの雑誌や本をもとに、短期間のうちに驚くほどの上達ぶりを見せた。

ほら、見てごらん、こんなものも作ったのよ、と母が言い、掌(てのひら)の上に載るほど小さなフルーツバスケットを見せられた時は、さすがに私も歓声をあげたものだ。バスケットの中には、粘土を小さく丸めて着色したマスカットだのバナナだのメロンだのが収められていた。

母はそれを白いシルクのテーブルクロスを掛けた小さなテーブルの上にあしらい、その脇にこれまた小さなキャンドルを立てて、ここにね、これから王子様と王女様が来てお茶会が始まるの、と夢見るように言った。お部屋の内装造りはこれからよ、壁紙は花模様がいいわね、ほら、何て言ったかしら、そうそう、ウェッジウッドっていうの？　外国の食器の模様に使われてるみたいな、あんな感じのやつにして、壁には絵も飾らなくちゃね、ルノアールの絵なんか、素敵かもしれないわ……。

母の作ったドールハウスは大小合わせて、どのくらいになっただろう。今もすべて、母の居室の押入れの中にしまってある。中には壊れかけているものもあるが、どうしても捨てられない。和洋折衷の小住宅や、ベッドルームだのキッチンだのといった、一部屋だけのもの、商品を並べている店舗などが、その大半を占めているが、中には日本の民家もある。障子のついた濡れ縁の座布団の上では、小さな小さな三毛猫が眠っていて、庭に降りるための沓脱ぎ石がある。庭に渡された竹竿には、洗濯物が干されている。男ものの靴下とシャツ、ズボン……。

二年前の冬、母が寝床の中で冷たくなっているのを発見したのは私だ。眠っている間に心臓の発作を起こしたようだった。

その母の枕元には、新しく完成したばかりのドールハウスがあった。前日の夜まで夢中になり、寝る時間も惜しんで作っていたもので、それは母と私の住むこの家そっくりのミニチュアだった。心臓の発作は、積み重なった睡眠不足と疲労が引金になったものらしい。

わが家そっくりの、家具からカーテンの色から小物に至るまで全く同じドールハウスの中で、私とおぼしき女と、母とおぼしき老女の、粘土で作った小さな人形が収められていた。ドールハウスそれ自体はいいとして、はじめのうちは、その人形がなんともいやで仕方がなかった。

母とおぼしき人形は母が居室に使っていた和室に蒲団を敷き、その上に横たわっていた。それは母が死んだ時と同じ、仰向けの恰好をしていたし、肩まで掛けている蒲団も、母が息を引き取った時に掛けていた蒲団とまったく同じ、黄色い菊の模様のついた蒲団だった。

そして、私とおぼしき人形は、その部屋の戸口に佇んでいた。人形は千鳥格子のロングスカートに黒いセーターを着ていた。母の死を知った冬の朝の、私と同じ恰好だった。

偶然だったとしても、あまりにも現実をなぞり過ぎている。なんだか薄気味悪くなったので、私はそのドールハウスを母の柩の中に入れ、母と共に送ってしまおうとした。やんわりと止めたのは坂井さんだ。

「もったいないです」と坂井さんは言った。「こんなにきれいに仕上がったおうちなんだし。しかもお宅とそっくりそのまま。私だってこんなに素晴らしいドールハウス、作ったことがありません。お母さん、よっぽど気持ちをこめてこれをお作りになったんだと思います。ね？　せっかくのお母さんの最後の作品なんですもの。形見だと思って、残しておかれたらいかがでしょうか」

人形の話は坂井さんにはしなかった。坂井さんにそのドールハウスを見せた時、私は二体の人形を外して母の裁縫箱の中に隠していた。坂井さんが見たのは人形抜きのドールハウスだったわけだし、坂井さんが言うのはなるほど、もっともなことだった。

人形さえ外してしまえば、何の問題もない。

葬儀が済み、納骨も終わって、四十九日が過ぎる頃になると、私はあまりその人形のことは気にならなくなった。

母は単に、あの頃、私がよく家で着ていた服をそのまま人形に着せただけなのかもしれなかった。自分を模した人形を蒲団の中に寝かせたのも、朝寝している自分を表現したいと思ったからであって、それ以外、何の理由もないのかもしれなかった。

或る日、私は母の裁縫箱を開け、隠しておいた二体の人形を取り出して眺めてみた。見れば見るほど私と母にそっくりで、捨てたり焼いたりするのはさすがにためらわれた。私は人形と、母そっくりの人形が寝ていた蒲団をまるごとティッシュでくるみ、さらに白い布でくるんで、母の居室にある仏壇の中に納めた。

今もあれは、まだあるかしら、と私は思った。捨てた覚えはないから、あるに違いない。なければおかしい。少し気になったので、母の居室に行ってみた。

母が居室として使っていた部屋は西向きの六畳間で、夏の午後ともなると、いつも西日が入り、冷房なしではいられなくなる。今日は日が陰って雨が降り出しそうだというのに、窓を閉め切った部屋には熱気が淀み、蒸し風呂のようになっていた。

扉を開けたままにしてある仏壇の、奥のほうを覗いてみた。あった。五センチほどの人形を包んだ白い布の塊は、母の位牌の斜め後ろに押しこまれてある。位牌の陰に隠れるようになっているので、ふだんは目につかなかった様子である。

私は指先に触れたその白い包みをいったん手に取ったが、すぐに元に戻した。開けてみようという気になれなかったのは、気味が悪いからではなく、部屋があまりにも暑いせいだった。

私は形ばかり仏壇の前に正座し、母の位牌と写真に向かって手を合わせた。もうじき田沢が来る。ビールが飲みたい、と思った。

「お風呂場の外ですか?」と田沢は聞き返した。

私と田沢の前にはビールとビールグラス、そして母が残したドールハウスが置かれている。雨の音しか聞こえない。家中が水の音の中にある。

四時過ぎに田沢がやって来て玄関口に立った途端、ばりばりという凄まじい雷鳴と地響きが轟いた。

傘を持って来なかったので、田沢はびしょ濡れだった。いえ、大丈夫です、と遠慮する田沢に急いで着替えを出してやった。父が残していった紺色の浴衣だ。母はどういうわけか、あれほど父を憎んでいたというのに、父の衣類はほとんど捨てずに残していた。

田沢が脱衣室で浴衣に着替えて戻って来た時、再び烈しい雷鳴が響きわたり、どこかでプツンという音がしたかと思うと、つけていた明かりがすべて消えた。停電と言っても、まだ夜にはなっていないし、田舎でもないのだからすぐに点くだろう、とタカをくくって、薄暗がりの中、田沢とビールを飲み出したのだが、まだ電気は点かない。

冷房が止まってしまったので、部屋はむしむしと暑いが、窓を開ければ雨が中に入ってくる。田沢にうちわを手渡し、しばらくこのままでいるしかないわね、と私は言って、ドールハウスに向かった。

「ここよ」と私はミニチュアのわが家の、裏手のほうを指さした。「このお風呂場の外に立ってたら、中の物音が全部、聞こえるはずなのよ。だってそうでしょ？　私の書斎がここで、廊下をはさんではいるけど、たいてい夏は部屋のドアは開けっ放しにしてるし、書斎の電話で話す声は筒抜けになるじゃない。書斎だけじゃないわ。今私たちがいるこの部屋だって、聞こうと思えば、テレビの音くらい、聞こえちゃうわよ。寝室はここだけど、ここの物音だって、聞き取れるかもね」

「いつもお風呂場の窓、開けっ放しにしてるんですか？　寝る時も」

「たいていそうね。風通しがよくなって涼しいから」

「危ないなあ。いくら面格子がついてるからって、危ないですよ。そういうところから、中に何か物騒なものが投げこまれでもしたらどうするんです。だいたいさぁ、トイレがここでしょ？　トイレの音、聞かれてるなんて思ったら、ぞっとするじゃないですか」

私は目を丸くし、次いで「そういえばそうね」と言った。「あなた、そういうことによく気づくのね。ちっとも考えなかった」

田沢はビールを飲みほし、その日二缶目のビールのプルリングを開けると、私のグラスと自分のグラスに等分に注いだ。「よく気づく、ったって、誰だってそういうことは考えますよ。いやだなぁ。気味悪いじゃないですか。もしもですよ、先生の仮説の通りだったとして、犯人の目的は何だと思います？　僕が思うに一つしかないけど」

「何よ」

「そいつは先生の生活の全部を見聞きしたい、って思ってるんだ。つまりストーカー」ばかね、と私は言い、笑い声をあげた。「行かず後家みたいになってる女の生活なんか見聞きして、いったい何が面白いの。毎日毎日、机に向かって、パソコンたたいて翻訳文を書いてるだけの退屈な生活なのよ。第一、私にはね、ストーカーされるような関係をもった男なんか、一人だっていやしないんだから」

「関係性の問題じゃないですよ。先生のファンかもしれない。熱烈な、ね」

「翻訳者の顔写真だって出したことないのに、どうやってファンになるのよ。お宅で出す本の後ろに載ってる私の略歴だって、ほんのちょっとじゃない。名前と簡単な経歴だけで、生年月日も明かしてないんだし。もしかすると、おばあさんかもしれないじゃないの」

「ファンってのはね、先生、好きになる相手の年齢なんか、全然関係ないんですよ。マルグリット・デュラスの熱烈なファンで、彼女の追っかけをやってて、最後の愛人になったやつは、デュラスより三十いくつも年下だったんだから。知ってました？」

「もちろん知ってるわよ」と私が少し憮然（ぶぜん）として言うと、「ね？　だから、きっと、そいつは先生のファンなんですよ」と田沢は言って笑った。

どうでもいい話題を、どうでもいいように軽く、面白く話しているだけのように感じられた。田沢にとって、所詮(しょせん)、この家で私が感じる〝気配〟など、どうだっていいのだ。

「ま、いいわ」と私は無愛想に言った。

田沢は今、女と一緒になるために私と母を捨て、家を出て行った父の浴衣を着ている。そして、人生の後半、錯乱と妄想の中で生きた母が作ったドールハウスを覗きみつつ、マルグリット・デュラスの若い愛人の話をしている。いろいろなことが、ばかばかしくなってきた。

私はグラスに残っていたビールを飲みほし、「何か食べる?」と聞いた。「ゆうべ作った麻婆豆腐(マーボーどうふ)の残りがあるんだけど」

「あ、いいですね。いただきます」

私は横目で田沢をにらんだ。たまには何か持って来なさいよ、それが常識ってもんでしょうが……そう言ってやるのは今かもしれない、と思ったが、急に億劫(おっくう)になった。

台所に向かおうとした時、また、プツンという音がし、連鎖するように家中の明かりが次々に点いていった。冷房の室外機のモーター音がし、部屋に冷気が流れ出した。あ、点いた、と田沢は子供のように歓声をあげた。私は部屋の戸口に立ち止まり、田沢を振り返った。

父の浴衣を着て座卓に向かっている田沢は、鼻唄(はなうた)まじりにドールハウスを覗いている。しかし、これ、改めて見るとすごいですよね、と彼は言う。「どうせなら、この中に人形、入れておけばいいのに」

「どうしてよ」

「動き出すかもしれないもの。先生そっくりの人形が。それでもって、どんどん翻訳仕事を片づけていく……ってのはどうです？」

　人形の話はしたくなかった。もっとよく晴れていて、気持ちのいい夕暮れどきだったら、もしかすると田沢を相手に飲みながら、母が死ぬ直前に作った人形の話ができたかもしれない。だが、今日はいやだった。父の浴衣を着ている男が、うちの茶の間に坐(すわ)っているのを見ているのも、なんだかいやになった。

　私は応(こた)えずに台所に行き、冷蔵庫を開けた。麻婆豆腐を入れた容器を取り出して、小さなスープ皿に中のものを盛り、レンジで温めた。缶ビールをもう二缶と、焼酎(しょうちゅう)、それに氷を入れたアイスペールの用意もした。

　雨の音が烈しい。雷鳴は少し遠のいたが、雨足は相変わらずである。

　盆を手に茶の間に戻ると、田沢は前かがみになってドールハウスを覗きこんだまま、「ねえ、先生」と言った。「これ、知ってました？」

「これ、って？」

「これですよ」

田沢は私が見ている前で、そっとドールハウスの中に手をさし入れた。ハウスの中の母の居室の部分には、押入れがついている。もちろん、現実の押入れと同じ場所にあって、現実のものと同じ、銀色の薄い唐草模様のついた襖紙（ふすまがみ）が貼られている。

田沢はその押入れの、黒い引手の部分に人さし指を掛けた。小さな小さな押入れは、するすると横に開いた。

「なんだ、そのこと」と私は言った。「そこも開くようになってるのよ。そこだけじゃなくて、全部そう。中に入ってる家具も洗面所のキャビネットもね、全部、本物そっくりに開くのよ。そうやって作ってあるの。すごいでしょ」

「そうじゃなくて」と彼は言った。「この中に何か入ってるんですよ。何だろう」

私は田沢の顔を見、次いで、彼が指さしている押入れのあたりを見た。

押入れの奥に、何か小さな四角いものが見えた。中は空だったはずだ。いくら忠実に現実をなぞろうとしていた母でも、さすがに押入れやキャビネット、簞笥（たんす）の中身までは作っていなかった。簞笥の中の下着類、押入れの中の古着だの使わなくなった扇風機だの、そんなものまで手がけるようになったら、母の心の病が再び頭をもたげ始めた、と私は考えていただろう。

押入れ自体が小さいので、うまく奥まで指が入らない。私は茶簞笥の小引き出しを開け、ピンセットを取り出して、それを使って中のものをつまみ出した。

「すげえ」と田沢が声をあげた。

それは豆粒ほどの大きさのドールハウス……この家を模した極小サイズのドールハウスだった。青黒い屋根のついた平屋建ての家。四方が一センチにも満たない。それでも、母が作ったドールハウスとそっくりのミニチュアサイズになっている。但し、あまりにも小さすぎる。細かく見ようと思ったら虫眼鏡を使わないと見えないほどで、少し力を加えれば、ピンセットの中でつぶれてしまいそうだ。

ドールハウスの中に、さらにそれをミニチュア化したドールハウスがある。母は何故、こんなものを作ったのか。そして何故、これをドールハウスの中の自分の居室の押入れの奥に隠しておいたのか。

「気づかなかったんですか」と田沢が聞いた。

知らなかった、と私は言った。

彼方（かなた）の空で雷鳴が聞こえた。突然、ざあっ、という変に大きな雨の音がして、家全体がみしみしと軋（きし）み音をたてた。まるで屋根の上から、誰かが巨大なバケツをひっくり返して、家ごと水びたしにしてきたような感じだった。

私と田沢は一瞬、はっ、としたように目を合わせた。背中のあたりに冷たいものを感じた。うなじにかかっていた髪の毛が、藁（わら）のような感触になって私の首に貼りついた。

だが、彼はすぐに私から視線を外し、何事もなかったように麻婆豆腐を見下ろして、「うまそうじゃないですか」と言った。いつもの口調だった。

ふいにあたりの空気が和らいだ。私は詰めていた息を吐き出し、ピンセットでつまんだ豆粒のようなドールハウスを、元あった場所に戻した。

以来、これといって何事も起こらない。暑いが静かな毎日が繰り返されている。〝気配〟は相変わらず続いていて、時にいたたまれなくなるほど強く感じられることもあったが、何も感じない時が長く続くこともあった。そのうち私はそういうことにも慣れていった。

もともと交友関係が少なく、田沢以外の人間が訪ねて来ることは滅多になかった。その田沢も、夏風邪をひいてダウンした、と電話をかけてきて以来、めっきり音沙汰がなくなった。

誰かと会いたくなったり、喋りたくなったりすることが私にはなかった。まるひと月、人と会わずにいたって、いっこうにかまわない性分なのだから、田沢がここに来ようが来まいが、どちらでもよかった。

朝は八時に起きて、身支度をしてから朝食を作る。朝はたいていトーストとコーヒー、トマトときゅうりとレタスのサラダ、それに茹で卵を一つ。食べ終えると、三、四日に一度の割合で家中に掃除機をかける。掃除をしない日は洗濯をする。といっても、女一人の生活なのでたいして汚れものが出るわけでもない。

日が高くなる前に帽子をかぶって庭に出て、目についた草をむしったり、花壇の花に水をまいたりする。花壇ではサルビアが花を咲かせている。母が元気だった頃、丹誠こめて育てていた朝顔は私の手入れが悪いのか、蔓ばかり伸ばして、今年はあまり花をつけない。

ひるどきになってから、素麺か茶蕎麦を茹でて簡単な昼食をすませ、書斎に入るのはその後だ。濡れ縁の南部鉄の風鈴が鳴る音を聞いていると、すぐに眠くなってくる。机にうつぶせになってうたた寝することもあれば、そのまま茶の間に行って、眠気ざましにテレビをつけることもある。

買い物に出るのは週に一度。坂道を下り、車道に出て少し行くとバス停がある。そこからバスに乗れば五、六分で駅前の商店街に出る。涼しい季節なら、スーパーでの買い物の前に書店に行き、ぶらぶら新刊を眺めて歩くことも多いが、夏はくたびれるのでそんなことも滅多にやらない。銀行に寄ったり、郵便局に寄ったりしなければならないことも多いから、買い物に出るたびにけっこうな時間が取られる。

買い物の袋を両手に下げて、またバスに乗り、戻って来る。坂道を上がるのは息が切れるが、せめてもの運動である。家に戻って、素早くあたりを見回し、誰もひそんでいないことを確かめてから、中に入る。
私は自分がただの習慣の一つとして、そんなことをやっているのだ、と知っている。本気でびくびくしながら見回しているわけではない。どうせ誰もいやしないのだ。〝気配〟など、慣れてしまえばこんなもので、誰もいない空間を「誰もいない」と確かめることだけで満足してしまう。

繰り返される単調な日々の中、そのうちどういうわけか、どこからも電話一本、かかってこなくなった。電話口で姑の悪口ばかりを並べてくる田舎住まいの従妹も、ここしばらく連絡を寄越さない。そっちに行きたいわぁ、おばさんのお葬式以来だもの、行ったら泊めてね、都心まで毎日通って、買い物ざんまいしたいのよ、といつも言われている。そのたびに忙しいことを理由にして曖昧に断ってきた。子供たちが夏休みに入ったから、と言って、子連れで遊びに来られたらかなわないからちょうどいい。

田沢のことが少し気になり、こちらから会社に電話してみようと思うこともあるが、すぐに忘れてしまう。彼が何も言ってこないのだから、わざわざ自分から、仕事のはかどり具合を報告してやる必要もないだろう。「ねえ、飲みに来ない？」と誘っているように受け取られるのも業腹だ。

夕食をとりながら、缶ビールを飲む。テレビを観る。くだらないタレントがくだらないことを言って、わあわあ騒いでいる。

何も観ていないし、何も聴いてはいないのだが、時々私はテレビに向かってくすくす笑う。母が生きていた頃の習慣がまだ残っているのだ。

病気が高じていた頃の母は、笑うということを忘れてしまい、そんな母の前でふだんと変わらない穏やかな雰囲気を出してやるために私はよく、テレビを観ながら笑うふりをしていた。

母はそんな私に目もくれず、宙の一点を見つめてぼんやりしていた。今にも首を吊りそうな顔をした母の前で、私はかまわずにくすくす笑い続けた。知らない人がその光景を見たら、どう思ったことだろう。

晩酌の延長でだらだらと飲み続け、そのまま茶の間に横になって眠ってしまうこともあったが、たいていはきちんと後片付けをし、風呂をわかして入り、パジャマに着替えてから眠りについた。寝つかれない夜はなかった。どんなに暑い夜でも、また、どんなに〝気配〟が濃厚な夜でも、私はぐっすりと朝まで夢ひとつ見ずに眠った。

お盆を過ぎる頃、田沢から久しぶりに電話がかかってきた。

風邪がようやく抜けたから、一週間ほど夏休みをとって北海道をまわってくるのだと言う。なんだか妙にはしゃいでいる様子だったので、私がお愛想に「恋人でも連れて行くの?」と聞くと、彼は「いやだな、先生。そんな人、いるわけないじゃないですか」と不自然な大声をあげて笑った。

進めている翻訳の話を少しして、切ろうとすると、田沢はふと思い出したように「どうですか」と聞いてきた。「例の〝気配〟、まだ続いてます?」

ああ、あれね、と私は言った。「相変わらずよ。それどころか、かなり強くなってきたみたい」

「へえ、どういうこと?」

「うまく言えないんだけど……一人とか二人とかじゃなくて、大勢の人間がうちのまわりにいる、って感じることもある。でもね、そういうことにも慣れてきちゃった。もう、あんまり気にならなくなったわ」

「さすが、先生」

「さすが、って何よ」

「いえ、先生ってほら、物事に深刻にならないじゃないですか。強いっていうかさ、たくましいっていうか」

「別に強くなんかないわよ。どこをどう調べたって、誰かがうちのまわりをうろついてる、っていう証拠が見つからないんだもの。今のところは何も実害はないし、この分でいくと、今後もなさそうだしね。気にしてくよくよすること自体、ばかみたいだと思っただけよ」

「その通り」と田沢は言った。「だからさ、僕が言った通り、絶対、〝風〟のせいなんですよ、それって。風がね、そのあたりで渦をまいて、気配みたいな感じになるだけ。それが天候によって強くなったり弱くなったりするんだよ。そこってさぁ、高台だし、少しいくと山があるし、気流が変なふうに交叉するようになっててさぁ、それが原因なんだよ。やっぱり僕が言ってた通りだったじゃん」

親しげだが、どこかぞんざいな口調が気にさわった。私は少し不愉快になり、適当な挨拶を返してから電話を切った。

曇り空のせいか、湿度が高く、変にむしむしする日だった。私は玄関を出て、門柱に取りつけてある郵便受けを見に行った。中は空だった。

そう言えば、と思い出した。昨日も郵便物は何もなかった。昨日だけではない、一昨日もその前も。はっきりとは思い出せないが、ここしばらく、郵便受けに何か郵便物が入っていたことはなかったのではないか。

待ち望んでいる手紙があるわけではないが、いっこうに届かない郵便物が気になっている。火災保険の証書である。毎年夏の、今頃に契約が切れるので、前もって更新の手続きをする。保険会社の小さな代理店が駅前にあるから、先日、買い物のついでに立ち寄ってハンコを押して、保険料もその場で払ってきた。保険証書はすぐに郵送されてくるはずなのに、まだ届かない。

手続きは済ませてあるから、万一、今、火災で家が燃えてしまっても保険金はおりてくる。そうわかっていても、証書が手元にないというのは不安である。どうなっているのだろう、と思い、私はすぐに駅前の代理店に電話をかけた。

「少々、お待ちください」と言われ、待っていると、ややあって女の声が「お送りしてありますが」と言ってきた。「確かに、八月十日で発送した、ということになっています」

「でも、まだ届いてないんですよ。変でしょう？ 今日はもう十七日なのに」

「おかしいですね。ええっと、ご住所は……ああ、同じ町内ですし、翌日にはお手元に届いていなければおかしいですよね」

「そうなのよ。でも届いてないの。もっとよく調べてみてくださる？ こんなことを言ったら失礼かもしれないけど、そっちが郵送したことになっていて、何かのミスでどこかに送り残しがあるのかもしれないですし」

「そんなはずはございませんが、でも念のために至急、お調べして、ご連絡いたします。ご連絡先、聞かせていただけます？」

私が早口で電話番号を言ったせいか、相手の女は二度ほどそれを聞き直してきた。とにかく、と私は言った。「連絡してくださいね。待ってますからね」

いったん電話を切ってから、思いついて地元の郵便局に電話をかけてみた。電話口に出てきたのは愛想のない中年男で、男は私が事情を説明すると、「配達員に確認してみますがね」と言い、呆れたように苦笑してきた。「しかし、そんな苦情はどこからも入ってませんよ。お宅だけ配達し忘れるなんてことは、あり得ませんけどねえ。何かの間違いじゃないんですか」

「うちあてに送られてくる郵便物が一つもないからだ、なんて言わないでくださいね」と私は言い返してやった。「だいたいね、ダイレクトメール一通、入ってないっていうのもおかしいでしょ。しかもここ数日間、まったく何も郵便受けに入ってないんですからね。うちはね、四丁目の坂の上にあるんですよ。この暑さにうんざりして、坂を上がるのがいやになって、配達の人がついつい、うちだけ避けるようにしてた、って考えても不思議じゃないもの。もっとも、そうだとしたら大問題ですけどね」

男は「もちろんそうですよ」と言い、急に改まったように私の住所と名前、電話番号を聞いてきた。私は大声でそれらを教え、何かわかったらすぐ連絡をくれるように、と言いおいて電話を切った。

気分がいらいらする。郵便局の男の対応がよくなかったせいもあるが、それだけではない。胸の内がざわついていて落ちつかない。じっとしていることができない。

私は書斎に入ったり、濡れ縁に出てみたり、台所を覗いて冷蔵庫の中の麦茶を飲んだり、洗面所で手を洗ったりしながら、家の中をぐるぐる歩きまわった。昼間は書斎にしか冷房をつけていない。濡れ縁のサッシ戸は開け放しているものの、外から吹きこんでくる湿った暑い風が吹きだまって、茶の間はサウナのようになっている。

母が作ったドールハウスが目に留まる。夕立と停電のあった日、田沢がここに来て、ドールハウスの中の、さらに小さなドールハウスを見つけた時から、それはずっと座卓の上に載せたままにしている。

額からこめかみを伝って、汗が流れてくる。部屋の明かりを点けた。茶の間はいつも薄暗い。晴れた日の昼間でも、時には電灯の明かりが欲しくなるくらいなのだから、今日のように曇っているとなおさらである。

することが何もない。何かあるのだとしても、する気になれない。

私は座卓に向かって坐り、ハウスを覗きこんだ。

初めは見間違いだろう、と思った。身体を前のめりにして、もう一度、目を凝らした。

ハウスの中の茶の間の、今、私が向かっているのと同じ座卓の上に、あの豆粒ほどのドールハウスが載せてある。そんなところに置いた覚えはない。いつ、誰がこれをここに載せたのか。

豆粒ほどのハウスは、あの時、母の居室の押入れに戻しておいたはずだった。後になって酔った田沢がいたずら心を起こし、私がトイレに立っている間に再び取り出して、座卓の上に載せたのか。いや、そのはずはない。あの日からずっと、食事をとる際などに時々、私は座卓の上のハウスを眺めていた。ハウスの中の茶の間に、こんなものは載ってはいなかった。

いやな気持ちになった。駅前に買い物に出た時、留守の家に誰かがしのびこんで、こんな真似をしたのだろうか。でもいったい、何のために。人をばかにしている。もう許せない。

実物をミニチュア化したハウスの中に、もう一つ、さらにミニチュア化されたハウスがあって、その豆粒のような家が今と同じように、座卓の上に載っているのだ。誰がこんなくだらないことをするのだろう。だいたい目的は何なのだろう。

怒りがこみあげてくるが、私はドールハウスから目が離せない。

もしかすると、このハウスの中の豆粒ほどの家の中には、さらに小さい、埃のようにしか見えない家が座卓の上に載っているのかもしれない。その、埃のように小さい家の中の茶の間の座卓の上には、さらにさらに小さい、顕微鏡でしか見ることのできない家があって……。

頭の芯がぐらりと揺れて、少し気が遠くなりかけた。変なことを思い出した。昔……大昔、私がまだ小学生だった頃のこと。当時、多くの赤ん坊が飲んでいた粉ミルクがあった。大手メーカーのもので、味にも栄養分にも定評があった。どういうわけか、私の家にもその粉ミルクの空き缶があり、私はそれを時々眺めては、不思議な気分に陥った。

缶の表面には、髪の毛を肩のあたりでカールした少女が、同じ粉ミルクの缶を手にして立っている絵がついていた。そしてよく見ると、その、少女が手にしている絵の中の粉ミルクの缶にはやっぱり、同じ少女が粉ミルクの缶を手にした絵がついているのだ。絵の中の缶の、またその絵の中の缶……と宇宙の果てまで、それが続いている。そんなふうに想像すると、めまいがしてきて、怖くなった。

今、私が感じているのはそれに似た気分である。それにしても、庭が静かだ。そういえばさっきから、蟬の声が途絶えている。軒先の風鈴も静まり返っている。

家の外が急にがやがやとし始めた。いや、外、ではない。家全体を包みこんでいる空気が、と言ったほうがいい。どこからともなく話し声が聞こえてくる。かすかな笑い声もする。甲高い、子供のような笑い声である。

保険会社の代理店からはまだ電話がかかってこない。すぐに連絡すると言ったのに、何をやっているのだろう。それよりも郵便局だ。無愛想な応対のあげく、何も言ってこないなんて、あまりにも怠慢である。それとも、やっぱり私の家が坂の上にあるので、配達員が面倒くさくなって私あての郵便物をどこかに捨てた、と白状したのだろうか。

外の賑(にぎ)わいが大きくなった。人の家のまわりで何をしているのか、と腹が立ってきた。どこかで夏祭りでも開かれているのか。うちの前が通り道になっているのか。まさか、そんなことはあり得ない。うちは坂のてっぺんにある。行き止まりになっている、その先に行こうとするなら崖(がけ)を下りていくしかない。

私は座卓に手をついて立ち上がり、濡れ縁に出た。庭を見る。何も変わった様子はない。花壇のサルビアが満開だ。いつの間にこんなにきれいに花をつけたのか。

ふと何かに見つめられているような気になって、目を上げた。曇り空が拡がるばかりで何も見えない。

笑い声が高まる。はしゃいでいるような声である。それらの声は、くぐもった音になって、あたりいちめん響きわたる。

まったく、と私は烈しく舌打ちした。こんなにうるさくされたら、たまらない。いちいち人の家を覗きこんだりして、もう、いい加減にしてもらいたい。気の休まる暇もない。

ぷりぷりと怒りながらも、私は気持ちが少し楽になっていくのを感じた。これだ、と思った。これだったのだ。そうか。やっとわかった。

私は濡れ縁に背を向けて、茶の間に戻った。声が聞こえる。女の声。はっきりと聞き取れる。

ほらほら、見てごらん、と誰かが言っている。この中にもドールハウスが入ってるわよ。あそこ。あの畳の部屋の座卓の上。あらぁ、ほんと。ちっちゃいわねえ。すごい、よくできてる。可愛いのねえ。信じられない。

私は、ふん、と鼻先でせせら笑い、外を睨みつけると、音をたてて歩いて台所に行った。冷蔵庫を開け、麦茶を取り出し、グラスに注いで、その場でごくごく飲んだ。

飲み終えてから、「早くそう言ってくれればよかったのに」と声に出して言った。言いながら、ふいに髪の毛が逆立つのを覚えた。

私の居る場所

あの日、私はラップで包まれた大皿を手にして家を出た。皿には、大人のこぶし大もあろうかと思われる黒々とした大きなおはぎが八つ。

出かけるのに自転車を使おうとしたら、姑にたしなめられた。いつもより柔らかめに作ったおはぎなのだから、自転車なんかで揺らしてしまったら、どんな不細工な形になってしまうか、わかったものではない、それほど遠い所でもないのだし、歩いて行けばいいでしょう……そう言われた。

おはぎの届け先は、塗装会社を経営している私の夫が、日頃、世話になっている人の家である。その野口さんという家のおばあちゃんが、五年ほど前に天寿を全うした。昔から野口のおばあちゃんと懇意にしていた姑は、おばあちゃんの命日が近くなると、いつも大きなおはぎをこしらえて、私に届けさせるのだ。

太陽がすっかり傾いて、あたりには夕暮れの匂いが漂っていた。このあたりは海が近く、年間を通じて暖かい。六月の声を聞くころになると、早くも夏の花が咲き始める。軒を連ねた小さな家々の庭先に、ガーベラだのタチアオイだのが、鮮やかな朱色の花をつけているのを眺めながら、私はもくもくと歩き続けた。

　おはぎの他には、何の荷物もない。ありふれたスカートと半袖ブラウスに、サンダルをつっかけたままの恰好だった。スカートもブラウスもサンダルも、町の中心部にある大型スーパーで買ったものである。買ってから、少なくとも二度は、同じものを着ている女を見かけた。みんなが同じ店に買物に行き、同じ材料で料理を作り、同じ服を買う。小さな田舎町だから仕方がない。

　人の家を訪ねて行くのに、いちいち鏡を覗きこんで、髪の毛にブラシをあてたり、口紅をひき直したり、気のきいた服装に着替えたりしなくなってから、ずいぶん長い時間がたった。自分が、こんな田舎町にどっぷり浸ってしまうなど、あり得ないと思っていた時期もあったけれど、今、私はどこにでもいる田舎の主婦だ。

　東京が懐かしくなって、ぷいと家を出て行ったりしないように……結婚当初、何度も周囲の人にそう言われた。加奈子さんは垢ぬけてるから、亭主はいつ逃げられるかと思って、冷や冷やしてるよ、あんまり亭主をやきもきさせると、ぽっくりいかれちまうよぉ。冗談とも本気とも受け取れるその言葉に、私は呪縛されるようにして生きてきた。

　結婚生活十四年。私が一度も町を出ることを考えなかったのは、ここが気にいったからではない。夫や子供を愛していたからでもない。まして古い映画によく出てくるヒロインみたいに、けなげにも人生の覚悟を決めたからでもない。他に行く場所がどこにもなかったからだ。

　できたての生温かいおはぎが、ラップの内側をうっすらと曇らせている。すれ違いざまに、顔見知りの農家の主婦が、にこにこと挨拶(あいさつ)してきた。加奈子さん、どちらへ？　ああ、野口さんのとこ？　そうだったよねえ。野口のばあちゃんは、あんたんとこのお姑さんが作るおはぎが、大の好物だったもんねえ。

　本当に、と私は愛想よく応(こた)え、二言三言、天候の話などして、また歩き始める。埃(ほこり)をかぶった軽四輪が、情けないエンジンの音を響かせながら走り過ぎる。黄色いヘルメット姿の子供たちが、金属的な笑い声をあげて、私のかたわらを次々と走り抜けて行く。

　夏になると海水浴の客が押し寄せる海岸までは、車で二十分ほどの距離だった。私が行こうとしている野口さんの家は、海岸とは逆方向の山沿いにある。

　私が結婚して、この町に移り住んだころ、野口さんのおじいちゃんは町長だった。今は引退しているが、二人の息子さんのうち一人は、この地方で有名な建設会社の社長。もう一人は地元で大きなタクシー会社を経営している。野口家は町一番の有力者だった。

今にも太陽が沈んでいこうとしている低い山々のふもとに、野口さんの家が見えてきた。畑に囲まれているせいか、とても目立つ。

去年、建て替えられたばかりの、真新しい総檜の二階建て。どっしりとした鼠色の瓦屋根に、西日が反射して、きらきらと光っている。裏庭のほうには、白壁の大きな土蔵の屋根が見え隠れしている。

私は野口さんの家を遠くに見ながら、先を急いだ。見えているとはいえ、野口さんの家まではあと七、八分は歩かねばならない。畑を横切ることはできないから、畑に沿った道を回って行くしか方法がない。

海岸近くの国道を行き交う車の音が、時折、風に乗って聞こえてくる。学校帰りの女子中学生たちの一団が、自転車に乗って通り過ぎた。中の一人が、私の持っている皿の中身を素早く見下ろして「わあ、おはぎだ」と言った。よく見ると、うちの近所に古くから住んでいる人の娘だった。私はいつものように、にっこりと微笑みかけた。

角の造園屋の前にさしかかると、おかみさんが白い4ドアセダン車を車庫からバックで出そうとしているのが見えた。

何か話しかけられたら、造園屋の次男坊が、この春、東京の専門学校に入学したことのお祝いの言葉を言わねばならない、と身構えた。だが、おかみさんはバックで車を出すことに一生懸命で、私に気づいた様子はなかった。

おかみさんの車が国道のほうに走り去って行くのを見届けてから、私はほっとして造園屋の角を左に曲がった。右手には、町立中学校の敷地が拡がり、小さな銀杏(いちょう)の林をはさんで、その向こう側には、四階建ての県営アパートが、ひしめき合うようにして建っている。アパートの前を通り過ぎ、しばらく行って左に曲がれば、野口さんの家はもうじきだ。

西日を一身に受けて、中学生たちが次々と校門から出て来る。グラウンドでは、サッカーに興じる生徒たちの声が響いている。赤ん坊を背負った老人が、金網越しにグラウンドの様子を眺めている。チンゲンサイがいっぱい詰まった段ボール箱を自転車の荷台に載せて、初老の女がゆっくりと私の脇を通り過ぎて行った。

銀杏林にさしこむ西日がきれいだった。そのあたりは、秋になると銀杏の葉が落ちて、道路が一面、黄金色に染まる。アパートに住む子供たちが、大まじめな顔で黄色い銀杏の葉をすくい上げ、ぶつけ合って遊んでいる光景を何度も見かけた。子供たちは、いつどこにいても、周囲にあるものを全部、遊びの道具にしてしまう。熱中してしまう。本当に羨(うらや)ましい。

私の子供時代は少し違っていた。私は何をして遊んでいても、いつもどこか、うわの空だった。自分の本当の居場所が、そこではないような思いにかられてしまうからだった。

加奈子ちゃん、ぼんやりしてどうしたの？……何度、友達にそう聞かれたことか。ドッジボールをやりながら、ふっと自分を見失ったような気持ちになり、怖くなった途端、こめかみにボールを受けて、目尻を切ってしまったこともあった。

どうしてそうなってしまうのか、わからない。自分の居場所を探し続けて、三十九年。今、ここが自分にふさわしい場所なのかどうかも、わからない。わからないことだらけだ。

グラウンドの歓声や生徒たちの笑い声を遠くに聞きながら歩いているうちに、なんだか頭がぼんやりしてきた。私はふと、これと似たような風景の中に、昔、自分がいたような思いにかられ始めた。

畑から匂ってくるかすかな堆肥の匂い、西日を受けた銀杏の木々、少年たちの歓声……そうしたものに囲まれながら、日暮れの町を私はかつて、同じような感覚を抱きながら、歩いたことがある。そう思った。

手にしたおはぎをちらりと見て、ああ、そうだった、と私は思い直した。私に何か既視感に似たものを感じさせたのは、銀杏や、堆肥の匂いや、少年たちの歓声ではなかった。夕暮れの道を誰かに頼まれて、何かを届けに行こうとしている私。そんな私が描かれている一枚の絵が、私の中にある記憶の扉を叩いたのだった。

九歳の年の夏休みの出来事だった。その年の春、父が病気で他界した。学校が夏休みに入るとまもなく、母は郷里である兵庫県の田舎町に、私を連れて行った。私を祖母に預けると、母は仕事を探すために再び東京に引き返して行った。

母の実家は、そのあたり一帯の旧家だった。古びた回廊式の縁側に沿って、数えきれないほどの和室が連なっていたのを覚えている。端から端まで、何枚の襖があったのか、見当もつかない。

祖母は使用人に対しては、ほとんど人間らしい扱いをしないことで有名だったが、孫の私に対してはことの外、優しかった。父を失ったことで私がひどく心を痛めているのを知ると、祖母は私に悲しむ暇を与えまい、としたのか、毎日、近所に住む従姉妹たちを屋敷に呼び寄せて、暗くなるまで私の相手をさせた。

従姉妹たちが不自然なほど私に親切だったのは、祖母の言いつけを守っていたからに過ぎず、心から私を好きになってくれたからではない……子供心に、はっきりそうわかっていた。従姉妹たちは例えば、鬼ごっこをしていても、決して私を鬼にさせなかった。じゃんけんで私が負けても、「加奈子ちゃんは鬼になんなくてもええから」と言われた。私の代わりに鬼にさせられた子供が、真っ先に私をつかまえようとすると、必ず年長の子が間に入って、私をかばうようにしてくれた。

みんなで川べりにピクニックに行っても、私が食べるのは祖母特製の豪華弁当なのに、他のみんなはおにぎりと沢庵だけ……ということもあった。私が気をつかって自分の弁当箱の中身を分けてやろうとすると、みんなは一瞬、黙りこみ、次いで決められた約束事のように「それは加奈子ちゃんが食べる分やから」と言って、何やらふてくされたようにそっぽを向いた。みんなと同じものを食べたいと思って、私が涙ぐむと、年長の子が寄って来て、「加奈子ちゃん、ぎょうさん食べんと大きくなれへんよ」と教師のように優しく叱るのだった。

それはどこか寂しい、心苦しい夏休みだった。私は毎日、従姉妹たちと一緒にいたが、一度たりとも彼女たちと大声で笑ったことがなかった。日が暮れると、子供たちはあたかも一日の仕事を終えた、と言わんばかりに一斉に引き揚げて行く。私は門に立ち、彼女たちを見送って手を振り続けたが、彼女たちが手を振り返してくれたことは一度もなかった。

ある日の夕方……それは夏休みがあと数日で終わり、東京から母が迎えに来るという知らせを受け取った日だったが、私は祖母から大きなザルを手渡された。中には茹でたての、瑞々しい枝豆がたくさん入っていた。

「悪いが、加奈子、今からこれをヒロ坊の家に届けてくれへんか。もうすぐお客さんが来はるんで、おばあちゃん、外に出られんようになったんよ。みんな、支度に忙しくて、使いに出せるもんもおらんし」

られたこともある。

ヒロ坊というのは、私の遠い親戚にあたる家の息子で、当時、小学校六年だった。丸々と太った色黒の彼は、無口ながら逞しい感じのする少年だった。祖母に黙って、私や従姉妹たちを山奥の危険な場所に連れて行き、そのことが後でばれて、ひどく叱られたこともある。

軟弱なお姫様のように思われていた私だったが、ヒロ坊だけは私を特別扱いしなかった。平気で高い木に登らせてくれたり、つるつる滑る渓流沿いの岩を渡らせてくれたりもした。私が喜んだ顔を見せると、彼もまた嬉しそうに笑った。私はヒロ坊が一番好きだった。

祖母の家からヒロ坊の家までは、子供の足で歩いても七、八分。だが、すでに夕方の六時半をまわっていたから、過保護の祖母は私を見送りながら、念を押した。「道草食わんとまっすぐ行って、渡したらまた、まっすぐ戻って来るんよ。ええな？ すぐに暗くなってしまうんやからね」

私は生返事をしてうなずくと、走り出した。ザルの中で枝豆が躍った。少し湿ったザルの感触と、粗塩がまぶされた枝豆の香りは、奇妙なことに今もはっきりと思い出せる。

祖母の家は町一番の高台にあった。私は土手の上まで行くと、呼吸を整え、整えながら夕暮れの町の風景を見渡した。

太陽は、すっかり山の端に姿を隠してしまい、空が一面、ラベンダー色に染まっていた。家々の窓に灯(とも)された温かな明かりや、ところどころに立つ街灯の小さな光が、遥(はる)か遠く、山々のふもとまで点々と拡がっているのが見えた。

　私は土手を駆け降り、下の道に降りた。八月の終わりとはいえ、まだ暑い盛りだったから、どの家の窓も開けっ放しだった。窓からはいろいろな音が聞こえていた。赤ん坊の泣き声、子供たちを叱りつける母親の声、コップや茶碗(ちゃわん)の音、老人の湿った咳(せき)……。

　道を歩いている人はほとんどいなかった。時々、自転車で通りすぎる男の人がいた程度だ。

　私は速足で歩き始めた。みんなが夕食のテーブルを囲み始めているような時間に、たった一人、外を歩いているのが急に寂しくなったからである。早く枝豆を届け、走って帰ろう……そう思った。

　ラベンダー色の空が次第に色を失い、薄墨色に変わっていくのが感じられた。夜はもう、すぐそこまで来ていた。

　ヒロ坊の家を目指して、私は走り出した。煙草屋の角を曲がり、小さな郵便局の前を通り過ぎ、古い神社の狛犬(こまいぬ)の首に、いつも通り汚れた赤い布が巻きつけられているのを横目で見て、私の足取りはさらに速くなった。

ぞっとして立ち止まったのは、神社を通り過ぎ、畑が見え始めて間もなくのことである。道に迷った、と私は思った。どうしてなのか、わからない。ヒロ坊の家には、これまで数えきれないほど行ったことがある。父が生きていたころにも、両親と一緒にこの町に来て、ヒロ坊の家に遊びに行った。道ははっきり覚えていたはずである。

なのに、私は突然、自分が今、どこをどう走って来たのか、わからなくなった。おそるおそる、後ろを振り返った。神社の狛犬が見える。その向こう側には、灯を消した郵便局の建物が見える。赤いポストも見える。

私は再び前を向いた。畑が拡がる小道に沿って、幾つかの民家が点在している。どの家にも明かりが灯っている。

ごくりと唾（つば）を飲みこむ音が、自分の耳にはっきり届いた。冷たい汗が首すじを伝って流れ落ちた。

ヒロ坊の家は、その畑に沿った小道の一番手前にあるはずだった。大きな木造二階建ての家で、一階左端に広々とした土間がある。裸電球がたくさんぶら下がっている土間は、いつも開けっ放しで、特別な冠婚葬祭でもない限り、玄関代わりに使われていた。ヒロ坊の家族は多かったから、いつ行っても、誰かが土間にたむろしていた。遠くからでも、その陽気な話し声を聞き分けることができたものだ。

なのに、畑に沿った小道に、その賑（にぎ）やかな土間のある、どっしりした二階建ての家はなかった。あるのは茅葺き屋根の小さな家ばかり。見慣れていた風景とは、どこか違う。何かが違う。こんなに静かなはずはない。

私はもう一度、後ろを振り返った。通って来た道順が違っていたのだろうか、と考えた。郵便局を通り過ぎ、神社を越せばヒロ坊の家なのだが、自分は今、別の郵便局、別の神社を通り過ぎてしまったのかもしれない……そう思った。

私はすぐさま引き返した。心臓がどきどきし始めたが、慌てないように、と自分に言い聞かせた。何かとんでもない錯覚に陥っただけなんだ、と信じようとした。

神社と郵便局を逆方向に戻り、再び、家々が軒を連ねている一角に辿りついた。私は泣きそうになるのをこらえながら、目を大きく開いてあたりを見回した。

私が辿った道は決して間違っていなかった。ヒロ坊の家に行くには、やはりその道しかなかった。他に道はなかった。あるはずもない。私はよく知っていたのだから。何度も何度もヒロ坊の家には行ったはずなのだから。

相変わらず、家々の窓には明かりが灯されている。窓の形をした明かりが、薄暗くなった道路にこぼれ、路面に落ちている小石やら釘やらガラスの破片などをくっきりと映し出している。

手にしたザルから、枝豆のゆで汁がしたたり落ちてきた。早くこれを届けて戻らないと、おばあちゃんが心配している。私はそう思った。あれからどれくらいの時間がたったのか、わからない。早くしないと、本当に夜になってしまう。

私はまた、神社に向かって走り出した。走り出した途端、ふと奇妙なことに気づき、足を止めた。全身が凍りついたような感じになった。それ以外、表現の仕様がない。人の身体は、時として本当に凍りつくのだ。氷柱(つらら)の中で固められた人形みたいに。

明かりがもれている家々の区別はついた。全部、見慣れた家だった。あるべきところにきちんと建っている家々。トタン屋根がくすんでいる家、窓の桟が傾いてしまっている家、仄暗(ほのぐら)い勝手口に、空の木箱を積み上げている家、赤ん坊のいる家、従姉妹(いとこ)たちのうちの一人が住んでいる家、人なつこい犬を飼っている家……。

なのに、それらの家々からは、何の物音もしなかった。人影が動く気配もなかった。生きているものの息吹は、何ひとつ感じられなかった。

私は目だけぎらぎらさせながら、耳をすませた。家々の屋根を吹き過ぎる風の音もしなかった。遠くを走る列車の音もしなかった。犬も吼(ほ)えていない。猫も鳴いていない。町は死に、音のない世界の中に沈みこんでいた。

いやだ！　と私は叫んだ。そう叫んだ自分の声が、私を恐怖のどん底に叩(たた)きつけた。

私はやみくもに走り出した。手からザルがすべり落ち、あたり一面に枝豆が散乱した。豆を踏みつけながら、私は走った。

祖母の家に戻ろうとして、足はヒロ坊の家に向かっていた。走っても走っても、ヒロ坊の家は見つからなかった。私はヒロ坊の家があったはずの場所に佇み、大声で泣きわめいた。

付近の家は静まり返っていた。どの家も同じだった。窓からもれてくる光だけが、奇妙に白々と明るかった。

そこからどうやって祖母の家に辿り着いたのか、わからない。気がつくと、私は祖母の家の玄関先に座りこみ、放心状態のまま天井を見上げていた。

祖母が飛び出して来て、「加奈子！」と叫び、私を強く揺すった。「いったいどこに行ってたんや。何時だと思うとるの。もう八時半やで。どんなに心配したか」

揺さぶられた身体に、血の気が戻ったような気がした。頭の中で、パチンと何かが弾けるような音がした。思いのほか、大きな音だった。静かな室内で、いきなり古いラジオのスイッチを入れた時の音に似ていた。

私ははたと我に返り、泣き出した。祖母は私を抱きしめ、頭を撫で、背中をさすり、これまであったことを話し始めた。

いつまでたっても帰らない私を心配し、祖母は使用人をヒロ坊の家に行かせたのだという。ほどなく戻ってきた使用人は、私がヒロ坊の家には行っていないこと、どこを探してもいなかったことを祖母に伝えた。祖母は自ら外に飛び出し、孫が立ち寄りそうな場所すべてを探し回った。それでも見つからなかったので、只事ではないと思いながら、一旦、家に戻ったところだったのだという。

「誰とも会わなかったもの」私は泣きじゃくりながら訴えた。「誰もいなかったの。ヒロ坊の家もなくなってたの。ほんとなのよ。だあれもいなくなっちゃったの。ただ、窓だけが明るくて、人間がだあれも……」

祖母はひと通り、私の話を聞き終えると、私の額に手をあてがい、熱がないことを確かめてから、私の頬に自分の頬をすり寄せた。

「あんたはちょっと神経質やさかいにね」と祖母は憐れむように囁いた。「もうすぐ東京に戻らんならん思うて、死んだお父ちゃんのこと、思い出してたんやろ。そのせいで、なんや少し、けったいな経験をしただけなんやろ、きっと」

使用人たちが、私と祖母を心配そうに見下ろしていた。祖母は、きっ、とした顔で彼らを睨みつけると、「ただのねぼけや、ねぼけ」と言った。「小さな子にはようあることや。おおかた、昼の間に日にあたりすぎたんやろ。歩いてるうちに、どっかでうたた寝して、おかしな夢を見ただけや。さあさ、もうええから、あんたら、さっさと仕事に戻りいや」

祖母のその時の声が甦った。ただのねぼけや、あんたら、さっさと仕事に戻りいや……。いつも喉の奥にころころとした痰を絡ませているような、嗄れた大きな声。

その祖母は、とっくに死んでしまった。母も一昨年、亡くなった。祖母が采配をふっていたあの屋敷も、人手に渡ったと聞いている。ヒロ坊や従姉妹たちが今、どこでどうしているのかも、私はまるで知らない。

おはぎを載せた大皿が、重たく感じられた。少し肩が凝っている。私は記憶を辿ることをやめ、首を左右に曲げて、筋肉の凝りをほぐした。

何かがおかしい、と気づいたのはその直後のことだった。私が昔のことを思い出していたのは、わずかの間に過ぎない。時間にすれば、一分かそこら。様々な映像が音声を伴って、頭の中に一瞬、再現されただけのことだ。

それなのに、ついさっきまで赤ん坊を背負いながら、グラウンドでサッカーに興じる少年たちを眺めていた老人の姿が消えていた。中学校の校門から、紺色の帯のように連なりながら出て来ていたはずの生徒たちの姿も消えていた。チンゲンサイを入れた箱を載せ、走り去って行った自転車は、影も形も見えない。

中学校の校舎が西日を受けてオレンジ色に輝いている。銀杏の林もそのままだ。アパートも同じように建っている。なのに、どこを探しても、人の姿がない。

私は立ち止まり、呼吸を整えようとした。後ろを振り返ってみる。自分が歩いて来た道が見える。角に造園屋の家が見える。何ひとつ、変わったところはない。

ひんやりとしたものが私の背中を流れていった。耳が突然、聞こえなくなったのではないか、と思った。あ、と声を出してみた。自分の声ははっきり聞こえた。だが、声はたちまち、寂しい静けさの中に吸い込まれていった。

国道を行き交う車の音がしなかった。犬も吠えていない。自転車の音もしない。梢を吹き過ぎる風の音もしない。聞こえるのは、私自身が繰り返している、せわしない呼吸の音だけだ。

私は走り出した。サンダルばきの足が、地面を蹴り飛ばす音がする。造園屋の角を曲がってみた。自分が辿って来た道が、うねうねと曲がりながら延びているのが見えた。車も自転車も通っていない。道の両側にある家々の窓が開いている。軒下に、錆びた風鈴がぶら下がっているのも見える。なのに、風鈴は鳴らない。そよとも動いていない。

喉の奥に悲鳴に似たものがこみあげてきた。私はおはぎの載った皿を放り出した。皿が割れ、黒々とした塊がラップを破って外に飛び出し、路面に落ちてべちゃりと湿った音をたてた。

落ち着いて、と私は自分に向かって言った。落ち着いて考えれば、何が起こったのか、理解できるかもしれない。理解できないにしても、どうすればいいのか、わかるようになるかもしれない。

深呼吸を繰り返した。疲れているせいだ、と私は思った。長年の疲れのせいで、一瞬、今いる場所に現実感がなくなっただけのことなんだ。今に元に戻る。現実感が戻ってくる。そうしたら、すぐに家に帰り、姑にわけを話して、医者を呼んでもらおう。知らぬ間に、何かたちの悪い病気に罹っていたのかもしれない。

だが、病気だとはとても思えなかった。熱に浮かされているとも思えない。

だとしたら、これは夢なんだ、と私は思った。ぼんやり花を愛でながら歩いているうちに、あろうことか、どこかで眠ってしまい、悪い夢を見ているのかもしれなかった。

今に、子供のころのように、あのパチンという音が頭の中で弾けるに決まっている。あの音さえ聞こえれば、目が覚めるのだ。全部、元通りになるのだ。

目を閉じたり開けたりしてみた。しゃがみこんだり、立ち上がったりを繰り返してみた。頬をつねり、自分で自分の頭を叩き、大声で意味のない言葉をわめいてみた。

だが、いくら待ってみても無駄だった。待っても待っても、私の頭の中で、古ラジオのスイッチを入れた時のような、あのパチンという音は聞こえてこなかった。

あれから何日たったのか、何週間たったのか、わからない。私は相変わらず、たった一人で生きている。

何度も何度も、繰り返し考えてみた。数日間、休むことなく泣き続け、泣きながら考え続けた。何が起こったのか。これが起こったのは、自分の頭のせいなのか。それとも何か地球上に、思いもよらなかった恐ろしい変化が起こったせいなのか。

だが、結論は出ていない。出るはずもない。事態をのみこんでもいないのに、結論などどうやって出せばいいと言うのだろう。

そろそろ、考えるという行為そのものにも疲れてきた。今、私は野口さんの家にいる。野口さんの家の中でも、一番大きな和室の真ん中に、ぽつんと座って、縁側の外を見ている。

目の前には文机があり、数枚の紙が載せてある。何か記録を残しておこうと思って、これまであったことを書き始めてみた。でも、それもいやになった。こんなものを読んでくれる人がいるとは思えない。私以外の人間は、この世界に一人もいなくなってしまったのだ。

私はいろいろなことを確かめた。国道には車は一台も走っていなかった。海辺には、打ち寄せる流木以外、動いているものは何ひとつなかった。

海岸に近いJRの駅にも行ってみた。券売機は作動していたが、窓口も駅長室も無人だった。むろん、列車がやって来る気配もなかった。

家々は主が消えたその瞬間の面影を残したまま、ひっそりと建っているばかりだった。学校も空っぽだった。アパートも空っぽだった。駐在所もタクシー会社もすべて空っぽだった。

だが、ありがたいことに当分の間、飢え死にする心配だけはなさそうだった。何故なら、家々の冷蔵庫にはたっぷりと食料が残されているからだ。それでも足りなくなったら、町のスーパーに行けばよかった。現に私は、ついさっき冷たいものが欲しくなり、野口さんの家にあった自転車でスーパーに出かけて行って、冷凍ケースの中に山積みされていたカップ入りのストロベリーアイスクリームを食べてきたばかりである。

おかしな話だが、テレビやラジオはつかなかった。同じ電化製品でも、冷蔵庫や掃除機や洗濯機は使えるのに、何故、テレビ画面に何も映らないのか、どう考えてもわからない。馬鹿にされているような気もするが、私を馬鹿にしている人間がいるのかどうかすら見当もつかないのだから、どうしようもない。

夫のことはほとんど思い出さなかったが、子供会いたさに胸が詰まったこともあった。そんな時は、自宅に帰り、大声で子供たちの名前を呼んだ。子供たちの使っていたベッドに頬をこすりつけ、子供たちの勉強机を撫(な)でまわし、子供たちの洋服箪笥(ようふくだんす)をひっくり返して、スヌーピーのついたパンツや靴下を取り出して眺めては、また泣いた。

でも、最近はあまりそういうこともしなくなった。消えたものは仕方がない。そう思うようになった。もしかすると、消えたのは私以外の人間なのではなく、私自身なのかもしれないが、今更、そんなことはどっちだってかまわなかった。考えるだけ無駄なのだ。

野口さんの家にばかりいるようになったのは、野口さんの家が一番、居心地がいいからだ。ここにいると、町全体が見渡せる。畑の向こうに、私がかつて夫や姑や子供たちと暮らしていた家が見える。子供たちが通っていた小学校が見える。花が咲き乱れた小さな家並みが見える。

ここにいることに飽きたら、また別の家を探せばいい。誰かの家にいることに飽きたら、スーパーでも駐在所でも学校でも、好きなところで暮らせばいい。

こんな暮らしがいつまで続くのか、私にはわからない。それでも不思議なことに、気分はさほど悪くない。しんと静かで穏やかだ。

私は生まれて初めて、自分にふさわしい居場所を見つけたようである。

千年烈日

どこかで鳶が甲高く鳴いた。女は空を見上げた。

秋の空はどこまでも高く淡く澄んでいる。透き通る水色のパレットに絞り出した、水色の絵の具のようだ。

ゆるやかな勾配の敷石道が、うねうねとやわらかく曲がりながら伸びている。道に沿って左側は苔むした古い石塀、右側にはのびのびと光を浴びた空き地が拡がっていて、あたりに人影はない。

「ふしぎだよ」と男が言った。敷石道にふたりの靴音が響いている。その音に鳶の遠い鳴き声が重なる。「何度も何度も、数えきれないくらい何度も来てるはずなのにさ、霊園の裏側にこんな道があったなんて、ちっとも知らなかった」

「ほんとにね」と女も言った。「ふしぎなこともあるものね」

「知らなかった」と男はしみじみと繰り返した。「ほんと、ふしぎだ」

今年は盆にも彼岸にも忙しくて行けなかったから、両親の墓参に行こうと思う、ちょうど紅葉の季節でもあるし、あなたが一緒に来てくれるなら、その後でどこかに宿をとって一泊しないか、僕のほうもなんとかするから、あなたも都合をつけてほしい……男からそう言われたのは、ひと月ほど前のことだった。

男には妻とふたりの息子がいる。女にも夫と娘がいる。以前から知っていた男との間に、ふいに烈（はげ）しい恋愛感情が芽生えたのが一年前。秘密でぐるぐる巻きにしたような日々がめくるめいて流れすぎ、また秋がめぐってきた。

もう一年、と思う。まだ、たったの一年、とも思う。女の中を通りすぎていく時間は、男と愛し合うようになる以前の時間の流れと別のものになっている。

男は、女のひとり娘が通っていた私立大学付属中学校の、担任教師だった。教えていたのは現代国語。年は女と同じだった。

中学二年になった年の六月、急に娘の夜遊びが始まった。夜九時十時になっても帰らない。叱るとふてくされて部屋にこもる。みるみるうちに成績も下がり始めた。

女は不安にかられた。夫は仕事で忙しくしており、ろくに家にいない。同じ敷地内に住んでいる義母とは関係が悪く、娘のことで何かがあれば、あなたの責任よ、と言われかねなかった。

子供が生まれても勤めをやめずにきたせいか、世間並みの母親らしい気分が希薄で、娘とはいつも、友達同士のようにしてかかわってきた。なんでも話してもらえる、と信じていた。

自分が迂闊だったせいで、娘がこんなふうになってしまったのか、と思った。何故、夫とふたり、娘のことを語り合わずにきたのだろう、と後悔した。考えてみれば、夫との関係も夫婦というより、ただの同居人のようなものになっていた。

娘のことが心配なのか、家族がいながら、独りで苦しみ、独りで怯えている自分自身のことが心配なのか、わからなくなった。いてもたってもいられなくなって、女は担任教師のもとに相談に走った。

教師は親身になって応対してくれた。その視線の温かさ、言葉の温かさに、頑なだったものが急速に溶けていった。初めて他人に本当の胸の内を打ち明けている、と女は思った。

案じていたほどではなく、娘の夜遊びはじきに収まったが、担任教師との間に芽生えた感情は消えなかった。消えないままにふくらむだけふくらんで、翌年の秋には離れられなくなっていた。

娘は同じ学校の付属高校に進み、男は現在、教師の職を退いて、有名進学塾で講師のアルバイトをしている。何をしても、家族を食わせていける自信がある、教師をやめたのは僕なりのけじめなんだよ、あなたは何も気にすることはない……男にそう言われるたびに、女は切ない気持ちにかられる。

自分のせいだ、と思う。その一方で、これはもう仕方のないことなのだ、後悔しても悩んでもどうにもならないことなのだ、と思う。

会うたびに、女は男と烈しく肌を合わせる。男と交わし合う烈しい恋情は、女から言葉を奪い、現実感を奪い、女を空(から)にする。

そのたびに、もう何もかもわからない、と女は思う。自分がどこにいるのか、何をしようとしているのか、どこから来たのか、どこに向かっているのか、本当にわからなくなる。

そのくせ、女は空っぽになった自身の肉体の中で、時間がごうごうと音をたてて渦を巻き始めるのを感じる。時間の渦は、巨大な排水口の奥に一挙に吸い込まれていく水のようになって、女を呑(の)みこむ。暗がりの奥へ奥へと引きずりこんでいく。

何やらおそろしくなって、女が思わず男にしがみつくと、事果てて仰向(あおむ)けになりながら目を閉じている男は、女のからだを軽く抱き寄せ、だいじょうぶだよ、と小声で囁(ささや)くのだった。

男とはこれまで二度、旅行している。一度目は高原のホテルに行った。ちょうど、女が勤めている会社の社員旅行の日と重なったため、その旅行に参加する、と家族に嘘をついて一泊してきた。会社には、風邪をひいたから行けない、ということにした。

何も知らない同僚が、女のために温泉饅頭を買ってきてくれた。それを家に持ち帰り、「間違って私が買ったおみやげを持ってっちゃった人が、返してくれたのよ」と言いながらお茶をいれた。

饅頭を頬張る夫や義母、娘の前で、女はおそるおそる、自分自身の内側を覗きこんでみた。そこには風のない月夜の湖のような、しんとした静寂ばかりが拡がっていた。

二度目に男と行ったのは、東伊豆にある温泉宿だった。その時は高校時代のクラス会が開かれるから、と言いわけした。

宿を発った時、宿の近くの路肩で売られていた鰺の干物を買って帰った。家に戻り、翌日の朝食に干物を焼いた。

夫は「さすがに本場の干物は美味いな」と言った。「骨まで食えそうだ」

本当にその通りだった。そうね、と女は深くうなずいて、鰺の尾の、少し骨がくっついている部分を指先でつかみ、口にいれた。尾も骨もぱりぱりしていて、うすやきせんべいのような、心もとない歯触りがした。

男の墓参につきあって、紅葉の季節、宿に一泊する。三度目の旅行になる。もう社員旅行もクラス会も使えない。

アリバイ工作を頼めるような親しい友人はひとりもいなかった。いたためしもないし、その種の友人が欲しいとも思わなかった。

旅行の言いわけなど、どうとでもなりそうなものである。だが、小さなほころびが一瞬にして巨大な落とし穴になることもあるのだから、念には念を入れなければならないことを女はよく知っている。

だから今回も一生懸命、考えた。ほころびが何ひとつない、完璧なものにしようとして、考えぬいた。

そしてある時、ふいに、女は考えることをやめた。

だいじょうぶ。なんとかなる。ならないのなら、ならないでかまわない。そんなことはどっちだっていい。

危ない橋を渡るのだ。渡って渡って、渡りきってしまうのだ。

いつのころからか、女はそう思うようになっていた。

タクシーの運転手が、道を間違えたことに気づいたのは、ふたりが特急列車を降り、駅前で客待ちしていた車に乗って十分ほどたってからだった。

あれえ、と運転手は頓狂な声をあげた。「すみません、お客さん。行き先は確か、勝楽寺……でしたよね？」

「そうだよ、勝楽寺だよ」

「どうしちゃったんだろ。ありゃあ、なんか、ぼーっとしてたみたいで。なんでこの道に入っちゃったんだろ。おかしいな」

「僕も変だとさっきから思ってた。全然違うとこ、走ってるじゃない。困るよ」と男は言い、なじるようにして運転手のほうに身を傾けた。

「すみません、ほんとに。洛西寺だと思いこんじゃったのかなあ」

「勝楽寺と洛西寺じゃ、全然違うじゃないか」

「いや、ほんと、おっしゃる通りで。いくら、ラク、ってとこが同じだとしてもね、変ですよね。年のせいで、ボケがきたかな。あ、でも、よかった、お客さん。この道からでも行けるんですよ。そう、行ける。正面じゃないんですけどね、勝楽寺の裏にあたるところまでね、車が入れるんです。どうしますか」

「どう、って、言われたって、そうするしかないだろうが」と男が半ば苦笑しながら言った。「いいよ、今から引き返すのも時間がもったいない。裏手のほうに止めてくれればいいよ。あとは歩くから」

すみませんねえ、ほんとに申し訳ない、と運転手はハンドルを握ったままぺこぺこと頭を下げた。やがて車は勝楽寺の裏手にある、駐車場とも空き地ともつかぬ、ぼうぼうと雑草の繁った一角に静かに停められた。

秋の光が、幾百幾千の木洩れ日となって踊っているのが見えた。あたりの木々は西陣織の帯のように美しく色づいて、さやさやと風にそよいでいた。

　石塀の傍に、雨にさらされたような古びた札がある。「勝楽寺方面ハコチラ」と、あまりうまくない墨文字で書かれている。その矢印の上に一匹の大きな金蠅がとまっていて、ふたりが近づいて行ったとたん、蜂のような羽音をたてながら飛び去った。

　男はまぶしそうに目を細めながら、「へえ」と言った。「ここからでも行けるんだ」

「この紅葉シーズンに誰もいないところがあったなんて、すてきじゃない」

「人に知られていない道なのかもしれないね。少なくとも観光客なんかは絶対に来られないよ、こんなところまで」

「やったね」とふざけて女が小声で言うと、男は微笑みながら女を見つめ、手を差しだしてきた。

　そうしてふたりは手と手をつなぎ合い、人のいない敷石の坂道を下り始めたのだった。


　女は彼の手が好きだった。彼のからだの中で一番好きなのはくちびる、二番目が手、三番目が胸だった。三つとも、性器以上に性的な感じがするからだった。

　大きな手はいつも少し湿っている。芯の部分が硬いのに、表面はふよふよとしてやわらかく、優しい。

「おやじもおふくろも、驚くだろうな」と男がゆっくりした足どりで坂道を下りながら言った。「この人、誰？　って思うだろうな。ちゃんと説明してやらなくちゃ」

「もっと色のついた花束にすればよかったかしら」と女が手にしている白薔薇の小さな花束を掲げながら聞いた。

花束は東京を出る時に、花屋に寄って作ってもらった。何におつかいですか、と聞かれたので、お墓まいり、と答えた。じゃあ、りぼんはいりませんね、と言われ、反射的にうなずいたのだが、せめて明るい色のりぼんを結んでもらえばよかった、と女は思った。

「白ばっかりじゃ、色がなさすぎてさみしすぎたかな。かといって、いかにも、っていうお墓まいり用の菊の花もいやだったし」

「それでいいよ。充分だよ。もったいないくらいだよ」

男が二十一の時、もともと虚弱だった母親が病死した。三十になった時、父親が倒れ、二か月ほどの闘病生活のあと、他界した。

男はよく、女との寝物語に死んだ両親の話をした。

父方の一族にやくざ者がいる、というので、良家の子女だったおふくろは長い間、おやじとの結婚を許してもらえなかったんだ、と男は言った。烈しい想いにかられたあげく、ふたりが駆け落ちし、岩手の山奥に身をひそめていた時の話は、何度聞いても女の心を騒がせた。

「おふくろのお腹の中に、そのとき、もう僕がいたんだよ」と男は言った。「おふくろが死んだ後、ずいぶんたってからだけど、両親が住んでた村まで行ってみたことがある。若い衆がみんな都会に出て行っちゃってさ、廃村寸前になってたな。おふくろたちのなれの果て、みたいな感じの老人夫婦が、荒れた畑を耕してたのを覚えてる」

「その人たち、幸せそうだった？」

「どうかな。幸せかどうか、なんて、もう考えなくなってしまったことが幸せだったんじゃないかな」

「そういうもの？」

「そういうもんだよ」

「わたしたちもそうなる？」

「そうなるって？」

「ずっとずっとこの先、一緒にいられたとして、おじいさんおばあさんになって、幸せかどうか、なんてことも考えなくなるのかしら」

どうだろう、と男はその時、遠い目をして言った。「そうなったとしても、年とって、ぼろぼろになって、あなたと一緒に死ねるなら、その瞬間はものすごく幸せだと思うよ」

そうね、女はうなずいた。

そうだよ、と男もまた、うなずいた。

男とは好きな食べ物が似ていた。鮨屋で真っ先に注文するのは、ふたりともタマゴだった。居酒屋に行って、女が品書きを見ながら、塩茹でしたそらまめやメバルの煮つけを次々と注文すると、男は驚いたような顔をして「僕も同じものを注文しようと思ってたんだよ」と言った。

ワインではなく冷酒が好きなところも、焼酎ならレモンやカボスをしぼって飲むのが好きなところも、ビールを食事の前に一杯しか飲もうとしないところも同じなら、ちょっと食べすぎたり飲みすぎたり寝不足だったりすると、すぐに胃腸の具合がわるくなるところまで同じだった。

左側に続く苔むした石塀が、勝楽寺の石塀のようである。だが、こんもりと繁った樹木のむこうに寺らしきものは何も見えない。

敷石道は次第に小暗くなってきた。右側の空き地が途切れ、雑木林が始まったせいだ。ところどころに混じるカエデの赤が、常緑樹の緑をおしのけるようにして、ぎらぎらと色づいている。その色の勢いが、少しこわいようでもある。

前方から若い男女が坂を上がってくる。手をつなぎ合っている。学生なのか、ふたりともまだまだ幼い顔立ちをしている。他を見向きもせずに、敷石に目をおとしたまま、ふたりは笑みを浮かべながら、なにごとか話に興じている。

女は少し胸がどきどきし始めるのを覚えた。妻帯者である男の、亡き両親の墓まいりをすることになるとは思わなかった。こんな姿を夫や娘、義母が見たら、何と言うだろう。地獄に堕ちろ、と言われるだろうか。

十日ほど前、男と会った時のことを女は思い出す。いつもの裏通りの、鄙びたような安ホテルの一室だった。

居酒屋で飲んできたあとだったので、ふたりとも少し酔いがまわっていた。もうすぐ一泊できるね、と男は言い、少年のようにはしゃいだ。はしゃいだまま、女を抱いた。

愛してる、と男は言った。ほんとに愛してるんだ、苦しいくらいなんだ。

わたしもよ、と女は言った。偽物の、けばけばしい色合いのステンドグラスがはまった小さな窓に、さらにけばけばしい、赤茶けたネオンが点滅していた。

あまり時間がなかった。あと一時間。いつもそうだ。愛し合ったあとで、ゆっくり話をする時間が足りない。足りないから、よけいに何も話せなくなってしまう。

女は男の横にからだを伸ばし、その胸に顔をうずめた。男の心臓の音を耳にしながら、じっと目を閉じていると、男が聞いた。「どうだったの？」

「どう、って？」

「旅行の言いわけ、何て言ったの?」

ああ、と女は言った。「会社で仲良くしている女の人と紅葉を見に行く、って」

「それだけ?」

「それだけよ。どうして?」

「何か言われなかった?」

「言われた」

「何て」

「いいご身分だな、亭主と娘をほったらかして、紅葉見物とはな、って。両方の眉毛をあげて、ふん、って鼻ならしながら、そう言った。でも、それだけ。別に他はなんにも」

男の心臓の音が大きくなった。鼓動が速くなった。音ははっきり、女の耳に届いた。だが、男はいつもの通り、落ち着いた言い方で「そうか」と言った。「じゃあ、よかった」

女を抱いていた腕がわずかに動き、女は肩のあたりをぽんぽんと軽く叩かれるのを感じた。

自分も同じだ、と女は思う。男が家族の話、子供の話を口にするたびに、心臓の鼓動が少し速くなる。

聞くのがいやなのではない。だが、黙っていられるのもいやなのだ。だから表情は穏やかに、いつもの通り、にっこりしながら聞いている。心臓だけがどきどきしてくる。何故、そんなにどきどきしてくるのか、わからない。緊張しているのでもなく、不安なのでもなかった。ただ、ただ、そういう話を耳にすると、心臓が勝手に鼓動を速めてしまうのだった。

何もかも、この人と自分は似ている……そう思うと、女はいっそうやさしい気持ちになる。いっそう、男に溺れていく自分を感じる。

坂道を下りきった右側に、霊園の入り口が見えてきた。十一月だというのに日射しが強い。仄暗かった坂道から出たとたん、白く弾ける光を浴びて、女は目の奥が少しくらくらするのを覚えた。

通りをはさんだ左側が勝楽寺である。玉砂利の敷かれた参道入り口と、霊園の入り口付近にそれぞれ、小さな茶屋があり、飲み物や団子、インスタントカメラ、墓参用の菊の花束が売られている。どちらの店にも、客が入っている様子はない。

男と肩を並べて、女は霊園に入った。公園のような造りになっている。手入れの行き届いた植え込みがあり、舗道にはところどころに木のベンチが並んでいる。人工池があり、その向こうは雑木林だ。秋の午後の光が、あたりを鬱金色に染めている。

しばらく歩くと、ゆるゆるとした上り坂が始まり、その上に墓所が拡がっているのが見えてきた。広くもなく狭くもない、端から端までゆるやかに、明るく見渡せるような墓所である。

誰もいない。ついさっきまで誰かが墓参していたような気配もない。

人影がないのに、墓所の中央では、集めた枯れ葉が焚(た)かれている。うっすらと立ちのぼる焚き火の煙に、雑木林から秋の陽がさしこんで、長くまっすぐに伸びる、幾筋かの光の線を作っている。

男は手慣れた様子で、焚き火の脇の水道を使い、備えつけの桶(おけ)に水を張った。あっちだよ、と女に言う。女はうなずく。

あちらにもこちらにも、整然と墓が並んでいる。卒塔婆(そとば)が立っているものも、立っていないものもある。大きいの、小さいの、先祖代々と彫られているもの、個人の名前が彫られているもの、黒い墓、白い墓、丸い墓石、四角い墓石……。

女の目の前を男が桶を手に歩いている。小高い丘の斜面に作られた墓所らしく、全体が段々畑のような設(しつら)えになっている。短く狭い階段を上がる。左右に一列に墓が並んでいる。また上がる。また墓が並んでいる。

上がれば上がるほど、雑木林の陰になり、光はその外側にあって、かえってまぶしく見える。

「おふくろが死んだ時、おやじは別に墓を作ったんだ」と男が言っている。「先祖代々の墓ではなく、自分たちの墓を作ってね、そこにおふくろを眠らせた」

　女はうなずく。うなずきながら、「そう」と応じる。前を行く男の声はくぐもって聞こえる。

「先祖の墓もここにあるんだよ。ほら、あれがそうだ」

　指をさされ、女はそのほうに目を向けた。

　男の姓が彫られた墓石がある。代々の墓、とある。

「じいさんたちが眠ってる」と男は言った。「じいさんもばあさんも、その前のじいさんもばあさんも。全部で何人かな。数えたことなんかないけど。忘れちゃったよ」

「いつも、ふたつのお墓にお参りするの？」

「まあね。といっても、おやじとおふくろの墓が優先だけど。先祖のほうは、ごく簡単に」

　そう言って男は笑った。笑いながら、ひとつの墓の前で足を止めた。桶を地面に置き、男は軽く咳払い(せきばら)をし、背筋をのばした。

「おやじ、おふくろ。久しぶりだな。頼むから驚かないでくれよ。今日はわざわざ一緒に来てくれた人がいるんだ。花束持ってさ。俺が心から愛した人だよ。だからさ、ほら、言っただろ。驚くな、って」

　ふざけた口調で話しかけている。まるで生きている人間を前にしているかのようである。

「わかるだろ」と男は続ける。「おやじたちだって、駆け落ちしたんだからな。わかるはずだよな。だってさ……」

そのあとの言葉が聞き取れない。風にのって、焚き火の煙が流れてくる。干し草を燃やしたような匂いがする。女はしかつめらしい顔をしながら、墓に向かって深々と礼をする。

もうずいぶん長い間、墓参に訪れた人がいなかったらしい。花筒には、もとの形状を想像できなくなるほど、ぱりぱりに乾ききった花束が差しこまれている。

女はそれを抜きとり、花筒に水をそそいだ。男が墓石を洗い始めた。墓石を流れ落ちていく水が、埃を吸って濁っている。

頭上でまた、鳶が鳴いた。鳴き声はゆるく長く悲しく続いた。

女が持ってきた白薔薇の花を花筒に活けると、男が線香の束と使い捨てライターをさしだしてきた。女はライターを手に、線香の束に火をつけようとした。

その時、乾いた風が吹いた。ライターの火が消えかけた。男は焔を消すまいとして、ライターをもつ女の手を両手でやわらかく被った。

いぶされたようになって、煙が立ち、線香の束の先に小さな焔があがった。軽く振って焔を消し、男は神妙な顔つきでそれを墓前に手向けた。

ふいに、言葉にならない既視感のようなものが女を襲った。めまいがした。頭の芯がぐらりとゆれた。

ここに以前、来たことがある。来て、同じように線香の束に火をつけようとし、風が吹いたせいで火がつかなくて、もう一度やり直したことがある。自分ではない誰かがこうやって、その線香を墓に手向けるのを後ろから見ていたことがある。

ちょうどこんな日の午後だった。どこかで焚き火の煙が上がっていた。こんなふうに段々畑のようになったところに建っている墓だった。花筒の花が枯れていた。だから急いで水をさし、新しい花を活けた……。

男が怪訝な顔をして振り返った。「どうした」

「ううん、なんにも」女は慌てて微笑み返した。

「どうしたんだよ」と男は少し笑いながら聞いた。

平気、と女は言った。「なんでもない」

違う、と女は胸の内でつぶやく。花筒に花を活け、線香の束に火をつけて、ここにいたのは自分ではない。自分は花や線香を手向けられたのだ。この霊園にある、どこかの墓の下にいて、手向ける人を見ていたのだ。黙って静かにおとなしく、その人の心の中に吹きすさぶ烈しい嵐を眺めていたのだ。

何年も何年も時は流れた、と女は思った。百年も千年も、時間は流れすぎていった。

人は生まれ、求め、愛し、別れ、死んでは再び生まれてきた。

そんな膨大な時間の流れの果てに、今のこの瞬間がある。もう千年もの長い間、自分ではない誰か、誰かではない自分は、今と同じことをくりかえしてきた、と思う。男が両親の墓に向かって手を合わせている。女もそれにならって、手を合わせる。

また来ます、と声にならない声でつぶやく。

また来るのが一年後になるのか、十年後になるのか。百年後、千年後になるのか、わからない。頭の中がぐるぐるまわり始める。

女は慌てて目を開け、思わず男の腕にしがみついた。

妖かし

女は走った。

右手には大きなトートバッグと、持ち帰って片づけねばならない書類を入れた紙袋。左手には、深夜スーパーの白いポリエチレンの袋がふたつ。スーパーでは、食パンと卵の他に、林檎や蜜柑、それに二キロ入りのコシヒカリまで買ってしまった。買い物袋はずっしりと重たい。重たいのだが、道端に放り出すわけにもいかない。女はただ大股で、どたどたと、袋の音をたてながらわき目もふらずに走り続けた。

年末の金曜の夜である。タクシーがなかなか拾えない。バス停も地下鉄の駅も遠かった。とはいえ、地下鉄に乗れば、たったひと駅の距離である。走ったほうが早い。

男の身の上に何かよくないこと、不吉なことが起こりそうな気がする……残業帰りに地元の深夜スーパーで買い物をしている時、突然、女はそう思った。思った途端、いてもたってもいられなくなり、自宅マンションとは逆の方向にいきなり走り出したのだった。

男が年末年始に女房子供を連れて、ハワイのマウイ島に行く、と聞いたのは一週間ほど前の夜のことである。

女は咄嗟に、わあ、素敵、と言った。心から、そう言っているように見せるために、満面の笑みを浮かべて目を輝かせ、両手をぱちんと打ち鳴らす、ということまでやってのけた。

男はさも面倒くさそうに眉間に皺を寄せ、「年中行事のようなもんなんだよ」と言った。「毎年、年末年始だけはそうしてきたんだ。あなたとこうなって……今年は行くのをやめよう、と思ったんだけどね。いくら考えても、やめる理由が思いつかない。後になって疑われるのは……つまり……僕らのためにもならないし。だから……」

「そんなこと、全然、いいのよ」と女はまるで何も気にしていないふうを装って言った。「行ってらっしゃい。たっぷり楽しんでらっしゃいよ。あなたもここのところ、ずっと忙しかったから、少し休みを取ってのんびりしたほうがいいわ。そのうえ、家族サービスができるんだから、一石二鳥じゃないの」

うん、と男は言い、ちらと上目遣いに女を見た。「優しいんだね」

「優しい？　そう？」

「時々、僕はあなたのその、優しさに甘えてばかりいるようで、気が咎めるんだ」

女は「ばかね」と言って鷹揚に笑った。「あなたには家族がいるのよ。私にもしも家族がいたとしたら、きっと同じことをやってたと思うわ」

男はじっと女を見つめ、微笑みかけ、手を伸ばしてそっと女を抱き寄せた。

からだの芯が棒のように硬くなっていたのだが、女は男の胸に顔をうずめた。男が着ていたセーターには、男がいつもつけているオー・ド・トワレの香りがしみこんでいた。嫌味のない、甘く慎ましい香りだった。女はその香りを嗅ぐたびに現実の男自身ではない、自分が勝手に作りだした男のまぼろしに包みこまれている錯覚を覚えるのだった。

男は女の髪の毛を撫で、そこにキスを繰り返した。あなたが大事だ、と男は耳もとで囁いた。あなたと家族は比べようがない。別のものなんだよ。わかるね？

ええ、ええ、もちろんよ、と女は言い、うなずいた。

本当にそう思うのである。恋人と、家族とは比べようがないだろう。どちらが大切か、と問われても、男には答えられないだろうし、自分が逆の立場だったとしても、同じだろう。わかっているのだが、喉が詰まったような状態になる。泣きたいというのではない。怒りたいというのでもない。ただ、ただ、虚しく、悲しくて、作った微笑みがそのまま凍りついていきそうになる。

男の胸に身を任せたまま、女は目を開けた。男の仕事場の窓の向こうに、その時、夥しいほどの都会の灯が煌いていた。茫々としたうつろな風が女の胸を吹き過ぎた。

いけない、とその時、女は思った。こんな気持ちにかられてはいけない。もっと穏やかに、しんと静かに、光を浴びてさらさらと流れていく澄んだ川の水のような気持ちで男と接していなければならない。さもないと……。

その晩のことを思い出しながら、女はさらに走り続けた。走っても走っても、永遠に男の仕事場があるマンションに行き着かないような気がする。

冬の寒空には鎌のように鋭い月が出ている。月は今、高速道路の真上にある。女の足並みに合わせて、月もまた、揺れながらついてくる。はぁはぁという、女の荒い息と買い物袋のがさついた音をかき消すようにして、時折、傍らの車道を車が走り過ぎて行く。

男に何かあったらどうしよう、と女は思う。気が狂いそうになる。

男と過ごした時間が、蜜のようになってとろとろと、生温かく女を包みこんでくる。女が作ってやったおでんを、ふぅふぅと息を吹きかけながら食べ、ああ、うまい、こんなうまいものを食べたのは久しぶりだ、僕は今、世界一、幸せだよ、などと言ったのは、あれはいつのことだったか。

初めて男と肌を合わせたのもその晩だった。男とそうなりたいと思っていたわけではない。男には妻子がいて、このままいったらひどく通俗的な苦しみを背負うだろう、ということはわかっていた。

だが、女のからだは意志を裏切り、即座に反応した。いつもそうだった。精神の深いところで睦み合い、ただそれだけでいい、と思っていても、気がつくと女は、裸になって、その時その時、何かの加減で知り合い、何かの加減で惹かれ合うようになった男たちの腕の中でまどろんでいるのだった。

いつもあなたのことを考えている、と男は折にふれ、言う。あなたとずっと、永遠にこうやっていられればいいな、と男にやわらかく抱きしめられ、甘やかなくちづけを受けていると、女はそれだけで幸福にむせ返りそうになる。もう何もいらない、もうこれだけで充分、などと思ってしまう。

男は大学を卒業し、有名企業に就職したが、上司と喧嘩してあっさりやめてしまった。妻子と暮らす郊外の自宅に戻るのは週末だけ。ウィークデイはたいてい都心に借りたマンションの仕事場で仕事をしている。

パソコンを前にして原稿を書き、しょっちゅう人に会いに行き、時々、取材と称して何日も戻らなくなる。男の仕事部屋には、見たこともないほどたくさんの本が几帳面に書棚に収められている。人に職業を聞かれると「ノンフィクション・ライター」と男は答える。

とはいえ、どんな仕事をしているのか、女にはよくわからない。ペンネームで使い分けた名刺を数種類持っている。今やっている仕事はちょっと危ない仕事だから、あなたもここに来る時は気をつけなさい、と言われたこともある。

一度だけ、女が部屋にいる時、右翼と称する男たちがやって来て押し問答になった。女が怖くて震えていると、ここでじっとしてなさい、声を出さないで、と男は女をトイレの中に押しこんだ。その時、強く押された背中に感じた男の手の、湿った力強さを女は今も忘れられずにいる。それは愛するものを守ろうとする手だった。

相手が自分でなくても、男はこういう場合、同じことをするだろう、と女にはわかっていた。男はそういう人間だった。自分よりも弱いものを守る。深く考えない。単純に守る。その獣のような単純さが、魔法のごとく女を引きつける。

この男となら、一緒に殺されてもいい、と女は思う。その烈しさに自分自身、打ちのめされるような思いを抱く。

最後の男、と思っているわけではない。この男と別れたら、また別の男が現れる。そう漠然と信じているところもある。

三十八歳。老いはまだ少し先にある。短大を出てすぐに結婚した男とうまくいかなくなり、離婚してからは、結婚に興味を抱くことはなくなった。誰かと結婚することよりも、子供を産んで家庭を築くことよりも、誰かを烈しく愛し、烈しく愛されたい。

自分の人生は多分、そんなふうにしてしか流れていかないのだろう、と女は思う。

人はいろいろなことを言う。愚かだ、とも言われる。あなたほどの人がもったいない、と言ってくる人もいる。だってほら、いつだって男が寄ってくるじゃないの。どうしてそういう男たちの中から、自分の将来を預けるにふさわしい人を選ばないの。

　そのたびに女は、黙って微笑みながら首を横に振る。選んでいるのよ、と心の中で言う。ただし、わたしが選ぶのは、自分の将来を預ける相手ではなく、自分の今現在、この瞬間を預けることができる相手なのよ……と。

　女にとっては今がすべて、今の男がすべてであった。何があっても失いたくなかった。失ってたまるか、と女は思う。思いながら、蛙のような滑稽（こっけい）な、ぎくしゃくとした足取りで、夜の街を走り続ける。

　あれが始まったのはいつからだったろう、と女は考える。考えたところで、答えはいつも同じであり、堂々巡りの自問自答が繰り返されるのは目に見えている。

　それでも女はまた、性懲りもなく考える。かれこれ二十年前のことを考える。

　女が十八になった年のことだった。東京郊外にある短大に入学し、友達に紹介された国立大学の男子学生と親しくなった。

　夏休みを利用してレンタカーでドライブに行き、伊豆の鄙（ひな）びた宿に泊まった。学生は女よりも三つ年上で、たいそう大人びて見えた。司法試験を受け、弁護士になる、と言っていた。

宿の湿った薄い布団に横になりながら、学生は女相手に夢物語を語り続けた。試験に合格したら結婚したい、と言われた。きみのことが好きになった、どうしたらいい、と聞かれた。

窓の外では、潮騒の音がしていた。風に乗って、潮の香りが部屋の中に流れこんだ。大好きだよ、と幾度も幾度も囁きながら、学生は女の着ていた浴衣の胸に手をすべらせてきた。いや、と言いつつ、女は次の瞬間、自分から学生の首に両手をまわしていた。

それからは毎日のように会った。会うたびに学生のアパートの一室で抱き合い、求め合った。女は学生のことしか考えられなくなった。

秋が来て、肌寒い季節になった。或る時、学生の部屋を訪ねると、学生は不在だった。合鍵を渡されていたので、それを使って中に入った。机の上に置き手紙があり、少し帰りが遅れると思うけど、待っていてほしい、と書かれてあった。

学生はなかなか帰らなかった。日当たりの悪い部屋は寒かった。電気ストーブがあったはずだ、と思い、女は押入れを開けてみた。

およそ整理整頓という言葉とは縁遠い押入れだった。本やら衣類やら黴の生えた鞄などが乱雑に押しこまれ、奥のほうにあった電気ストーブを取り出そうとしてまわりのものを押し退けていると、デパートの紙袋が上からどさりと落ちてきた。落ちた瞬間、袋が破れ、中のものがあたりに散乱した。

正方形、長方形、白、ピンク……様々な色の、様々な形の封筒に入れられた手紙の束だった。裏にはきれいなペン字で、差し出し人の女の名前が書かれてあった。特別な親しさを表そうとするかのように、そこに住所は記載されていなかった。

いけないことだと知りつつ、女はそのうち何通かの手紙を盗み読んだ。学生の郷里で彼の帰りを待っている、四つ年上の女からの手紙だった。どの手紙も、末尾は、愛しています、という言葉で締めくくられていた。

学生とその年上の女とは、結婚の約束を交わしている様子だった。文面から、学生もまた頻繁に返事を出し、それなりの愛の言葉を綴（つづ）っていることがわかった。

部屋に戻ってきた学生を相手に、女は手紙を見てしまったことを正直に打ち明けた。ごめんなさい、と言い添えた。

学生は、きみが人の手紙を盗み見るような人だとは思わなかった、と言った。冷やかな言い方だった。ごめんなさい、と女は繰り返した。言っているうちに涙が滲（にじ）んできて、やがてそれはかすかな嗚咽（おえつ）に変わっていった。

学生は、すまない、とうなだれて頭を下げた。隠していたことはあやまるよ、僕がこっちに出て来る前からのつきあいで、彼女は僕が司法試験に合格するまで待っていると約束してくれた、そういう人なんだ、わかるだろう、と彼は情けない顔をして言った。

よくわかるわ、と女は応えた。理解できないことではなかった。

まだこの人のこと、好きなのね、と聞いてみた。

学生は長い間、黙っていた。身動きひとつ、しなかった。それが答えだ、と女は思った。

女は学生を恨みはしなかった。仕方のないこと、と思った。生まれつき、物事をそのように考える習慣が女にはあった。人を恨んだり憎んだりしたところで、起こってしまったこと、知ってしまった事実は変わらないのだった。

悲しみだけが女を支配するようになった。学生は以前にも増して優しく接してきたが、女はそれに応えることができなくなった。

とはいえ、そこには烈しい感情……怒りとか、裏切られた憎しみとか、そういった烈しさは一切、なかった。女はただ、切々と悲しみの中に身を委ね、時が流れ過ぎて、何かが変わっていくのを繭の中にこもりながら、静かに待っていただけだった。

学生が車にはねられたのは、それから一と月ほど過ぎてからだった。見通しのきく交差点を横断中、暴走してきたトラックが彼の逞しいからだを天高く、易々と放り上げたのだった。彼は宙を舞い、コンクリートの地面に叩きつけられた。首の骨が折れていた。手のほどこしようもなかった。

告別式の席上、女は彼の婚約者を見かけた。はっとするほど美しい人で、気丈にふるまっているのが、かえって女の目には、ふてぶてしいように映った。

その彼女が病に倒れ、入院した、という噂は人づてに聞いた。一年近く闘病生活を送り、治療の甲斐(かい)なく息を引き取った、どういうわけか葬儀にはあまり人が集まらず、冷たい雨の降る日の午後、それはそれは寂しい葬儀だった……そんな話を女が耳にしたのは、彼女が死んでから半年ほどたってからだった。

その時はまだ、女は自分の中に不吉な力があることに気づかなかった。自分が少しでも傷つけられたり、悲しい思いをさせられたりすると、その相手が事故にあったり、病気に倒れたり、悪くすると死んでしまったりする。まるで自分が呪いをかけたかのように。

そんなばかげたことが実際に起こるとは信じられなかった。たとえあったとしても、偶然に過ぎないだろう。女はそう思っていた。どれほど傷つけられたとしても、女は人を恨んだことはなかった。憎んだこともなかった。呪うなど、とんでもないことだった。

だが、その頃から、女のまわりでは不思議なことが頻々と起こるようになった。

短大を出て、熱心に求婚してきた一回り年上の男と結婚したが、夫はなかなか女を抱こうとしなかった。キスをし、ほんの少しだけからだをまさぐり、女が着ているものを脱がせるまではするのだが、女が喘ぎ始めると途端に行為を中断してしまう。

何故、と聞いても夫は答えなかった。疲れているから、とか、途中から気分が乗らなくなってしまった、とか、そんな意味のことを弁解がましく言うだけで、夫はさっさと背を向け、黙りこくった。

女は火照ったからだをもてあます。羞恥心をかなぐり捨てて、自ら夫の背に裸の胸を押しつけていくと、夫は呆れたように、「したいのか」と聞き返してきた。「ちょっと触られただけで、したくてしたくてたまらなくなるんだな。よっぽど昔、やりまくってきたんだろう。え？　そうなんだろう」

そういうきみがいやなんだ、と言われた。俺以外の男を山のように知ってるきみが、いやなんだよ、と。

誤解よ、と女は抗議した。わたしのことをそんなふうに見ないでください。

夫は、皮肉めいた笑みを浮かべ、じゃあ、聞くけどね、と言った。俺が初めてじゃなかったんだろう？

そうだとも、違うとも答えなかった。そんなことにこだわる夫が、得体の知れない恐ろしい生き物のように思えた。

女は「わたしはあなたを愛してるのよ」と言った。「だから結婚したのよ」

夫は、ふん、と鼻先で笑い、「なんだ、その言いぐさは」と言った。「少女趣味にもほどがある。愛してる、って言えば済むと思うなよ。俺はそんな簡単なことではだまされない」

違う、違う、違う、と女は繰り返した。後の言葉が続かない。涙があふれる。

そんな女を見て夫は、ばか、泣くようなことじゃないだろ、と言ってくる。腕をわしづかみにされ、荒々しく乳房を揉まれる。おざなりというよりも、乱暴きわまりないキスがそれに続く。夫が上に乗ってくる。

ほら、やってやるよ、と夫は小馬鹿にしたような声を出す。こうしてこうやって、ここに指を入れて……やってやるよ、そうすりゃあ、気が済むんだろ？　なあ、そうなんだろ？　男が欲しくてたまらないんだろ？　相手は俺じゃなくてもよかったんだろ？

夫は腰を使い始める。薄目を開けて見ると、夫の顔は鬼のように赤くひきつっている。それは夫の顔ではない。女を凌辱しようとしている時の、獣の顔である。

女は泣く。顔をひきつらせて泣きわめきながら、やめて、と懇願する。好きだったのに、と女は思う。あなたのことが好きだったのに。一生、ふたりで生きていこうと思って結婚したのに。

或る晩、そうした行為の最中に、夫は「バイタ」という言葉を使った。わかっているよ、きみはバイタだよ、バイタだったんだ……。

女は力まかせに夫のからだを押し退け、そばにあった枕を夫に向かって投げつけた。そして言った。別れてください、と。

夫は、ほう、と言った。唇がねじ曲がり、ひきつれのようなものがそこに走った。

女は一言、ぴしゃりと言い放った。「顔も見たくない」

ふたりの間にシャッターが下ろされた。漆黒の、一分の隙もない、光など何ひとつ通さないシャッターだった。それですべてが終わった。

離婚の手続きを済ませ、女はひとりになって都内に部屋を借りた。仕事を探し、見つけてきて、単調だが平和な毎日が始まった。女の穏やかな物言いや、にこやかな笑顔、親しみ深い態度は、すぐに会社の同僚たちから好感をもって迎えられた。友達と呼べる人間もできた。仕事帰りに飲みに誘ってくる男も現れた。

夫だった男のことは考えなくなった。ぐさぐさと傷つけられた日のことも、まもなく忘れてしまった。

時折、ふと、眠れない晩などに、布団にくるまったまま、夫だった男から投げつけられた言葉を思い出すことはあったが、それだけだった。そこから滲(にじ)み出すものは何もなかった。それはただ、女にとって、遠い過去の出来事のひとつに過ぎなかった。

離婚してから一年ほどたった或る日、夫だった男がふいに電話をかけてきた。明日(あした)、入院することになった、と言う。ひどく元気のない声だった。

「だるくてさ。起きてるのも辛いくらいで、さすがにこれは変だと思って検査を受けたんだ。肝臓がいかれてるらしいよ。それもかなりね」

気の毒に、と思った。本心、女はそう思った。

「誰か世話をしてくれる女性、いるの？」

「いや、いない」

「お金、あるんでしょう？　誰かに頼まないと、いろいろ大変だと思うけど」

「そこまで気がまわらないよ」

「なんだか声まで掠れてるのね」

「俺、死ぬかもしれないんだ。医者に言われてね。どうしてもっと早く治療を受けなかったんだ、って。もう手遅れらしいよ」

女は黙りこくった。これから飛んで行って、なにくれとなく世話をしてやりたいような衝動にかられた。お人好しにもほどがある、とわかってはいても、そういう時、女は心底、相手に同情し、優しい気持ちになってしまうのだった。

「だから電話した」と彼は言った。「……あやまりたいと思って」

「あやまる、って何を」

「俺、きみにひどいことを言ったからさ。そのせいで天罰が下ったんだよ、きっと。そんな気がする」

夫だった男は、それから半年後、病院のベッドで凄絶な最期を迎えた。悶絶死のような凄まじい死に方だった……女は人づてにそう聞かされた。

天罰、という言葉だけが女の中に残った。そんなつもりはないのに、と女は思った。ちっとも、まったく、自分はそんなものを相手に与えようなどと、考えたことがない。なのに女が何かを強く感じると、そうした感覚を女に与えた相手が不幸になる。まるで、あらかじめ決められた法則のように、そうなってしまうのである。

それは男と女の間のことに限らない。例えばこうだ。女が喫茶店でひとり、コーヒーを飲んでいる。少し寒くなったと感じ、持っていた大判のショールを拡げ、ばさっ、と音をたてて羽織ろうとして、すぐ近くの席にいる中年の、眼鏡をかけた気取った女に露骨にいやな顔をされる。

「ちょっとあなた」とその女は刺々しい口調で言う。「申し訳ないけど、埃がたつのよ」

「は？」と女は聞き返す。

「埃よ。ほ・こ・り。おわかり？　私は今、チーズケーキをいただいているところなの。ここにね、私がいただいているケーキの上にね、あなたのその、ショールの埃がかかるのよ」

すみません、と女はおどおどしながら言う。「気がつかなくて」

眼鏡の中年女は、つんと取りすましてケーキを口に運ぶ。右手の小指を立てながら、紅茶を飲む。

女は羽織りかけていたショールをそっとたたみ、バッグの中に戻す。食べ物を前にすると神経質になる人は大勢いる。やはりこういう席では気をつけなければならない、と思うのだが、どうも合点がいかない。

隣席の眼鏡の女はケーキを食べ終え、おもむろにレシートを手にして立ち上がる。会釈のひとつもない。

ひと目で鰐革(わにがわ)とわかるハンドバッグを手に、眼鏡の女が遠ざかって行く。ハイヒールをはいている。ありがとうございました、と言うレジの若い娘の声が聞こえる。

その直後、悲鳴が轟(とどろ)く。声のするほうを見ると、さっきの眼鏡の女がレジの前でうずくまっている。店のスタッフが駆け寄り、大丈夫ですか、と聞いている。店内が騒然となる。

捻挫(ねんざ)したわ、と眼鏡の女が半べそをかきながらわめいている。変ね、ヒールが折れたのよ。突然よ。こんなことってある？　ああ痛い。歩けない。痛い痛い……。なんとかしてよ。

そういう時も、女は心底、気の毒に、と思う。気の毒に思うあまり、駆け寄って行って抱き起こしてやりたい、とまで思ってしまう。

自分のせいだ、と思うからである。何もかもが自分のせい。バスに乗ろうとして、長蛇の列の最後尾について並んでいる時、後から来た男が割り込んでくる。力まかせに割り込むので、男の硬い肘が女の脇腹を突く。痛い、と小声で抗議したのに、男は振り返りもしない。鈍い痛みが脇腹に残される。その男が、混み合ったバスから降りようとして、ステップを踏み外し、地面に転げ落ちて、怪我を負ったのを女は確かに目にした。

何故なのか、わからない。わかりようもない。これが、能力、という言葉で表現できることなのかどうかもわからない。

だが、これは女の「力」なのである。そうとしか言いようがなく、女はその、自分でも説明のつかない「力」を意識して生きていかねばならなくなってしまったのである。

夜の街を走り続け、息も絶え絶えになりながら、女は今やっと、男が仕事場として使っているマンションのエントランスロビーに辿り着いた。ロビーは森閑としている。何かが起こった様子はない。救急車も消防車もパトカーも来ていない。人だかりもしていない。

エレベーターに乗り、呼吸を整え、五階のボタンを押す。寒い晩だというのに、全身、汗びっしょりである。女は手の甲で額の汗をぬぐい、祈る思いでエレベーターが五階に上がって行くのを待つ。

五階の廊下を小走りに走り、男の部屋の玄関扉の前に立つ。チャイムを鳴らす。インタホンから男の声が聞こえてくる。

「はい?」

不機嫌そうな、警戒するような声。ここを訪ねて来た時、男が決まって出す声。

「わたし」と女は言う。ほっとするあまり、膝(ひざ)がくずれていきそうになる。中で気配がし、鍵(かぎ)が開けられる音がして、扉の向こうに男の顔が現れる。

「なんだ、今頃。どうしたの」

気になって、と言おうとして、その言葉を女は咄嗟(とっさ)にのみこむ。「急に会いたくなって」と言い直す。

「すごい荷物だな。買い物してきたの? 今日は何の日だったっけ」

「違うのよ。ただちょっと……」

「お入りよ。汗かいてるじゃないか。え? いったい全体、どうしたんだよ」

男の口調は優しい。いつもの口調だ。部屋の中には煙草の煙が充満している。かすかにコーヒーの香りがする。ミニコンポのCDデッキからは、ジャズが流れている。男が好きなコルトレーン。書斎机以外はぼんやりとした黄色い明かりで充(み)たされている。落ちついた部屋。落ちついた、いつもの空間……。女は心底、安堵する。

「年末だろ？　仕事、片づけておかなくちゃいけないのがたくさんあって……。今夜も徹夜だよ」男は言う。「でも、来てくれて嬉しいよ。こんなふうに突然、訪ねて来られるのも悪くないね」

女が脱いだコートをハンガーに掛けながら、男はいたずらっぽく笑う。「何か飲む？」

ううん、いい、と女は答える。「それより……」

「それより……何？」

「ううん。なんでもない。あなたが元気でいてくれてよかった」

「元気だよ。疲れてるけどね。なにしろさ、年末年始、日本にいられないだろう？　てんやわんやだよ」

ああ、その話……と女は思う。それ以上、その話を続けないで。

だが、男は無邪気に話し続ける。マウイのさ、と男は言う。「予約しといたホテルがあっちの手違いでキャンセルになってて、大騒ぎだったんだ。僕はこの通り、忙しくて、旅行の段取りを女房任せにしといたのがよくなかった。やっと別のホテルが取れたのが昨日だったんだよ」

そう、と女は言う。男が女に近づいて来て、女を抱き寄せる。「よかったよ、会えて。まさか今夜、会えるとは思わなかった」

いけない、いけない、いけない、と女は自分に言い聞かせる。この感覚。この感情。恨みでも憎しみでも軽蔑でもない。ただの悲しみ。ただの切なさ。どうしようもないことに対する、自分自身のどうにもならない気持ちのささくれ……。

男が女の額にキスをする。女はからだを強張らせる。

「どうしたの」と聞かれる。

なんでもない、と女は言う。言いながら男の顔の中に、死相を見ている。

灰色の猫

深夜の寝静まった街を猫がついてくる。どこまでもどこまでもついてくる。

彼が立ち止まると、猫も立ち止まる。振り返って見ると、目をそらす。彼が再び歩き始めれば、猫もいつのまにか後ろにいる。

灰色の痩せた猫である。ひどく汚れていて、じゅるじゅると鼻水をすすり上げながら呼吸している。涙目になっているせいか、泣いているようにも見える。

月夜である。暮れ方まで降り続いていた雨が、舗道の敷石をしとどに濡らしている。月明かりがあたりに白く照り映えて、歩いている人は彼以外、誰もいない。

どうしてこんなところを歩いているのか、彼にはどうしても思い出せなかった。同僚と飲みに出てしこたま酒をあおり、突然、すうっと気が遠くなった。そこまでは覚えているのだが、その後のことがわからない。タクシーを拾ったのか、それとも酔いにまかせて歩いているうちに、いつのまにか、見知らぬ街まで来てしまったのか。

灰色の猫は相変わらずついてくる。寂しい月夜の濡れた舗道に、彼の足音と猫の鼻水をすり上げる音だけが響きわたる。

遠くに電話ボックスが見えてきた。うすぐらい明かりが灯(とも)されて、重たげな扉には把手(とって)の代わりに円形の穴が開けられている。その昔、街でよく見かけた卵色の電話ボックスである。

ああ、と彼は声に出して言った。あれだったのか。

学生時代、親元から通っていたのに、彼の下宿に寝泊まりしていく女の子がいた。ショートカットにした栗色の巻き毛が可愛(かわい)い、利発な女の子だった。若かったせいで、しょっちゅう喧嘩(けんか)をした。たいてい、つまらないやきもちが原因だった。彼女が自分以外の男と喋(しゃべ)っているのを見ただけで腹が立った。

喧嘩をするたびに、苦しんだ。苦しんだあげく、深夜になって下宿を飛び出し、近くの電話ボックスを使って彼女に電話をかけた。コインを入れ、ダイヤルを回し、呼出し音を数える。たいてい三度目の呼出し音の後で、受話器がはずされる。

「僕」と彼が言うと、受話器の向こうから、ため息のような気配が伝わってくる。待ってたの、と彼女は言う。ずっと電話の前で待ってたの、電話が真っ黒い、意地悪なカラスに見えたわ、カラスのせいで、せっかくあなたが電話をかけてくれても、呼出し音が鳴らないんじゃないか、って。

ごめん、と彼はあやまる。僕、ひどいこと言った。

ううん、いいの、と彼女は言う。私のほうこそ。

彼女がすすり泣いている。彼も嬉しくて泣きそうになる。受話器からは口臭よけの香料の匂いが立ちのぼってくる。

彼は舗道を進み、月明かりの中に佇む電話ボックスの扉を開けた。灰色の猫は入って来ようとはせず、束の間、月影の中に消えた。

旧式の公衆電話である。ズボンのポケットから十円玉を取り出して、硬貨投入口と書かれた穴に放り込む。通話音が聞こえてくる。指をダイヤルに伸ばし、忘れたことのない彼女の部屋の番号を回す。

三回の呼び出し音の後で、相手の受話器がはずされた。ああ、と彼ははずんだ声で言った。「僕。僕だよ」

そこに彼女がいる。いることはわかっている。なのに彼女は何も言わない。ざらざらと流れ去る空気の音だけが聞こえてくる。

彼の目が電話ボックスの外にいる灰色の猫に吸い寄せられる。猫は濡れた舗道の真ん中に前足をそろえて座り、哀しそうに彼を見ている。

涙が彼の頬を伝う。何故泣いているのか、彼にはよくわかっている。

三十年前の雨の日の午後、彼女は自ら命を絶った。あんなに潑剌としていた彼女が何故、死を選んだのか今もわからない。

灰色の猫が、おわあ、と鳴いた。三十年の旅路の果てに、彼はそっと受話器を握りしめ、誰よりも懐かしい彼女の名を呼んだ。

石榴の木の下

初夏の宵、老妻が死んだ。

夕餉の仕度をしていて、豆腐を買い忘れていたことに気づき、よたよたと薄暗くなった交差点を歩いていて、トラックにはねられたのだった。

老妻の傍らでは、老妻が可愛がっていた白い猫も一緒に死んでいた。

老妻と猫はいつも一緒だった。片時も離れない。人間の年齢にすると、百歳を超えようかという老猫だった。猫は老妻の姿が少しでも見えなくなると、どんより曇った目を大きく見開いて、みゃあみゃあと狂ったように啼いた。

老妻はそんな猫が不憫だと言い、外出する時は、ペット専用のリュックの中に猫を入れ、連れて行った。通信販売で買った布製の紺色のリュックだった。首から上だけが外に出て、四肢の自由はきかないようになっている。猫はいつだっておとなしく、老妻のされるままになっていた。

通夜の席でも告別式の席でも、男は泣かなかった。誰かが涙ながらに、お寂しくなりますね、と言ってきても、「あの馬鹿もんが」と吐き捨てるようにしか言わなかった。

お義父さん、そんなふうに言うことはないでしょう、と娘婿にたしなめられた。男は聞かなかった。年寄りが猫入りのリュックを背負って外出するなんて、度し難く馬鹿げたことだった。男は常日頃、そんな馬鹿なことをするもんじゃない、と老妻に注意していた。

猫なんて、ただの畜生だ、というのが男の持論だった。老妻はそれを聞くと、いつも悲しい目をして男を見た。

もともと、男にはあまり懐かない猫だった。たまに気が向くと膝に乗ってきたが、男が可愛がろうとしないせいか、猫が男の膝で喉を鳴らすことは稀だった。

いつだったか、煮つけにした鰈の骨を投げてやった時、そんなものを食べさせたら、喉に骨がひっかかって死んでしまう、と老妻にこっぴどく叱られた。虫の居所が悪く、どういうわけかひどく腹が立った。どこの国に骨が食えない猫がいるか、と怒鳴り、力まかせに卓袱台をひっくり返した。老妻は軽蔑したように男を見つめ、猫は全身の毛を逆立てて唸り声をあげた。

すまん、という一言が出てこなかった。男はぷいと部屋を出て、縁側に坐るなり、医者から禁じられている煙草をたて続けに二本、吸った。

老妻が猫を抱き、赤ん坊にでも喋りかけるように何か囁いているのを見ると、わけもなく不愉快になった。老妻は猫に向かって、「ほうら、おじいちゃんはやきもちをやいているのよ」と笑いながら言った。ばかばかしい、と男はうそぶいたが、それは本当かもしれない、と思うこともあった。

それでも猫の骸をどこに埋めようか、という段になって、男は迷わず、庭の石榴の木を選んだ。生前、老妻が「猫が死んだら、あの石榴の木の下に埋めてやるの」と、繰り返し言っていたからだった。

古い古い石榴の木だった。いつ植えたのかも記憶にない。何ひとつ手入れなどしていないというのに、毎年、六月も末になると美しい花を咲かせ、秋にはたくさんの赤い実を結んだ。老妻はせっせと石榴のジュースを作った。まずい、と男は言い、言いながらも毎朝、それを飲んだ。

猫の骸はきれいだった。血糊の痕もなく、何もかもが乾いていて、白い毛は生きていた時のままに艶やかだった。

よく晴れた五月の午後、男はシャベルで石榴の木の下に穴を掘り、新聞紙にくるんだ骸を埋めた。ねんごろに土をかけ、その上に墓石代わりの平たい石を載せ、ふと思いたって両手を合わせた。

これで老妻も思い残すことはないだろう、と思うと、気持ちが洗われた。男はその晩、縁側に坐り、酒を飲みながら石榴の木を眺めた。隣に老妻がちんまりと背を丸めて坐り、猫を膝に載せながらつくろいものなどをしているような気がした。

翌日は雨だった。次の日も雨だった。夜になると決まって霧が出て、庭はもやもやとした白いものに包まれた。

男はそれでも縁側で酒を飲んだ。少し寒くなると、丹前を羽織った。老妻が死ぬ少し前に、縫いなおしてくれた丹前だった。

猫の骸を埋めてから十日ほどたった或る晩、霧の中、男は石榴の木の下にぼんやりとした人影をみとめた。老妻だった。生きていた時と同様、赤ん坊でも抱くように白い猫を抱き、笑顔で何かしきりと話しかけながら土の上に坐っていた。

幸せそうだった。猫を抱いている時、老妻はいつも幸せそうだったが、目の前にいる老妻も何ひとつ変わっていなかった。

霧が渦を巻き、老妻と猫の姿を包んだ。怖くはなかった。男は思わず立ち上がりかけた。消えんでくれ、と声に出して言った。

老妻には何も聞こえていないようだった。霧に巻かれたまま、その姿は猫と共に白い闇の彼方にすうっとのまれていった。

見間違えたとは思わなかった。夢まぼろしを見ているのでもなかった。あれは本当に老妻だった、と男は確信した。

それからというもの、毎晩毎晩、男は縁側で老妻を待つようになった。夜、誰かが家を訪ねて来るようなことがあっても、追い返した。娘夫婦から電話がかかってきても、手短に済ませた。縁側に酒を運び、ちびちびと飲みながら石榴の木を見ていた。切なくなるようなひとときだった。

だが、老妻はそれきり現れなかった。男は悲しみの底に沈んだ。老妻が死んだと聞いた時よりも悲しいのが不思議だった。

そのうち時が流れ、六月も終わりになった。相変わらず雨の多い毎日だったが、庭の石榴は美しい真紅の花を咲かせた。

夜になると、小やみなく降る雨の中、その真紅の花が、ぼうっと滲(にじ)んだように浮き上がった。湿った土の香りがし、瑞々(みずみず)しく繁った石榴の葉が、時折、風を受けてさわさわと鳴った。

或る晩、珍しく雨が降らなかった。雲が切れ、空には月も覗(のぞ)いて見えた。霧も出ていなかったので、闇はどこまでも透明だった。石榴の梢(こずえ)はもとより、庭の隅々まで鮮やかに見渡せた。

徳利(とっくり)から酒を注ごうとして、ふと目を離し、再び転じると、石榴の木の下に老妻がいるのが見えた。坐ってはおらず、佇(たたず)んでいる。棺(ひつぎ)の中に入れてやった小豆(あずき)色の絽(ろ)の着物を着ている。つい先だって、老妻の喜寿の祝いにと、男が奮発して買ってやった着物である。その腕の中には、もちろんあの、老いた白い猫がいる。

男は身体を硬くして老妻を見つめた。するとその時、庭の闇を蹴散らすようにして、ふいに光が射した。金色の粉のような光だった。

男は首を伸ばし、空を見上げた。幾千幾万という小さな、塵のような星が、空からやわらかく舞いおりていた。石榴の木は星に包まれ、煌き、老妻と猫はその中で、えも言われぬ幸福な目をして見つめ合っているのだった。

美しく平和な光景だった。そして男は、自分がその光景を永遠に失ってしまったことを知った。

「おい」と男は声を出した。いたたまれなくなって、妻の名を呼んだ。

妻はこちらを振り返らず、代わりに猫が「おわあ」と嗄れた声でそれに応えた。

男は涙を流し、震える唇に笑みを浮かべつつ、「馬鹿もん」とつぶやいた。

一角獣

女は三十二歳。すでに、娘、とは呼べない年齢であった。

だが、女は自分がいつも男の目から、娘、のように見られることを知っていた。からだつきが若いのか、あるいは、痩せているのに頬だけふっくらしている顔が幼く見えるのか、世をすねたような仕草が少女を連想させるのか、女がそこにいるだけで、不思議なほど男たちから誘いの手がかかった。

誘われて、いやだと断るのも面倒くさく、ついていくと、いつも同じことをされた。本当に判で押したようにいつも同じだったので、いつしかそういうことにも慣れてしまった。

仰向けに寝た自分のからだの上を、ろくに知りもしない男の指や舌が這いずりまわっていくことにも慣れた。お愛想に喘ぎ声をあげてやることにも慣れた。求められるまま、おかしな恰好をしてやったりすることもできるようになった。

しまいには、帰りがけに一万円札を数枚渡されることにも抵抗を感じなくなり、黙って受け取って自分のバッグの中にねじこむ、その手つきも巧くなった。
だが、男が部屋から出て行き、ひとり残されると、女はいつも同じことを思った。
早く年をとりたい、と。
年をとって、女でも娘でもない、ただ、のそりと立っている、古い蠟燭のようになってしまいたい、と。

　鎌倉の古家に版画家が住んでいる、家政婦を探しているんだが、あんた、やってみる気はない？……そう聞いてきたのは、女が勤めていた居酒屋の常連客だった。

　窓のすぐ下をどぶが流れていて、店の中はいつもどぶ臭かった。看板に高級居酒屋と書かれてあるのが胡散臭い、品のない店だった。

　女はそこに行き着くまでに、様々な職場を転々としていた。事務服を着て小さな企業の総務課に勤めたこともあるが、そういう仕事は性に合わず、たいていが飲食店関係だった。

　焼酎を飲みながら、奥歯にはさまった焼鳥の滓を指先でせせり出してみせるような客と版画家の取り合わせ、というのはにわかには信じがたかった。

　女はその客ともかつて数回、寝たことがあった。だから余計に、そう感じたのかもしれなかった。

不動産会社を経営しているその客は、古家を斡旋（あっせん）してやった折に、くだんの版画家と知り合った。気難しそうな芸術家肌の男だが、現実の問題となるとさっぱりで、何かと相談を受け、庭の草刈りをする業者を紹介したり、古家の修繕を頼まれたりしているうちに、親しいというほどでもないが、気心が知れるようになった。さほどの金持ちとも思えないが、一人暮らしで、家の中のことをしてくれる人間を必要としている、誰か信用できそうな人がいたら、声をかけてみてほしい……以前からそう頼まれていたのだ、と客は言った。

いくつなの、その人、と女は聞いた。

「さあてね。五十くらいじゃないのかな」

「奥さんと子供とか、いないの？」

「別居してるんだよ。どうしてかは知らないけどね。何考えてんだか、さっぱりわからないとこがある先生でさ。無口で、必要ないことは喋（しゃべ）んないし。あんまり笑わないから、怒ってるのかと思えば、そうでもないし。ま、芸術家ってのは、みんなそういうもんなんだろうけど」

「住みこみ？」

まさか、と客は言い、ふいに好色そうに顔を崩して笑った。「通いだよ、通い。それともあんた、住みこみ、添い寝つき、ってやつのほうがいいのかい？　ん？」

女が流し目で客を軽くあしらい、馬鹿、と低い声で言うと、客は鱈子にも似た唇をてからせながら、ますます好色そうに笑った。

鎌倉と言えば、女が住んでいる大船のアパートからも近かった。版画の仕事というのが、どんなものなのか、よくわからなかったが、静かなアトリエで静かに仕事をしている、青白い顔をした中年男が想像できた。

気難しい芸術家のために掃除をしたり、料理を作ってやったり、庭の草むしりをしたりすることくらい、なんでもなかった。無口とあれば、なおさらだった。

くだらないことをのべつまくなし喋っている男を相手に酒の燗をつけ、品のない冗談に愛想笑いを返し、気がつくと、チューブネオンがぎらぎら光る、安ホテルのベッドの中にいるような生活を続けてきた。何年も何年も。

そろそろ、静かな暮らしがしたかった。たとえ、その版画家が、こちらに手を出してきたのだとしても、それはそれでかまわなかった。そういう物静かな男なら、給金の中に添い寝料を入れてもらってもいいような気さえした。女は、そういうことには慣れていた。

その時、女は、どぶの匂いと酒の匂いにまみれていくことに、心底、うんざりしている自分に、およそ初めて気づいた。

やってみようかな、と女は言った。「でも、その先生、私でもいいって言ってくれるかしら」

「言うだろうさ」客は大きくうなずいた。「それどころか、よだれを流すかもしれないよ」

「どういう意味よ、それ」

わかってるくせに、と客は言い、思わせぶりに、にたりと笑ってから小声で囁いた。

「ところで今夜さ、久しぶりに……どう？」

女は眉をつり上げてみせただけで、応えなかった。なりゆきでよかった。そういうことはすべてなりゆき任せだった。

水が流れるようになりゆきに任せて生きてきて、今夜もまた、自分はそうするのだろう、と女は思った。


女はまともな教育を受けていなかった。お金をもうけたい、金のある男と結婚したい、という上昇志向もなく、何かを目指して生きる、という生き方とも無縁だった。

家庭が悪かったせいだ、と女はいつも思っていた。両親を呪ったこともある。だが、最近はそんなことも考えなくなった。

たとえ、人並みの教育を受けたのだとしても、自分はやっぱり社会の出来事などに関心を持たないだろう、と女は思っていた。新聞を読むことにも興味がない。テレビのニュースを見るということも滅多になく、音楽を聴いたり、絵を鑑賞したり、足しげく映画館に通うという趣味もなかった。最後に本と呼べるものを手にしてから、もう何年もたってしまったような気がする。

なのに、女は早い時期から、自分の中に静かに吹き荒れている嵐に気づいていた。嵐は物ごころついた時から始まっていた。あまりに長く吹き荒れたものだから、こんなふうに荒寥とした原野のような人間が出来上がったのかもしれない、と思うこともあった。

だが、そういったことを言葉にして表現する方法を女は知らなかった。女は自分を語ったり、何か感動したこと、嬉しい気持ち、切ない気持ちを言葉に替えたりすることができずにいた。

だから女の気持ちの中には、いつも言葉にならない感情が堆く積まれていた。あまりに高く積まれてしまったので、もはや自分自身、身動きできなくなったような思いにかられることもあった。

かといって、どうすることもできないから、女はやっぱり、言葉を知らないままに、表現することをしないままに、暮らしていた。このままでいいのだろうか、と不安に思うこともなかった。

男が手を差し出してくれれば、それを受け入れた。そんなふうにして朝がきてまた夜がくる、という生活は、黙って受け入れてさえいれば、静かに通り過ぎていくものだった。振り返る必要もなく、過ぎた時間は悉（ことごと）く死に絶えていくだけだった。

だから、版画家の家で働くことになった時、アトリエに入れてもらって、版画家の彫った幾つかの作品を目の前にしても、女には何の言葉も思い浮かばなかった。

美しい版画であることは事実だった。制作途中の版画はもちろんのこと、完成して刷り出された版画も、何もかもが美しかった。

アトリエには、冬の光が淡く射しこんでいた。あたりはやわらかな白で染まっていて、その白の向こう、窓ガラスを隔てた庭に、冬枯れの木立ちが並んでいるのだった。

或（あ）る説明できない豊かな感動に包まれて、女は佇（たたず）んでいた。きれい、とか、素敵、とでも口にしていればよかったのだろうが、一介の使用人なのだから、と自分を戒め、女はただ、ひたすら沈黙を守った。

版画家もまた、黙っていた。無邪気な感想を求めてくることもなかった。ここが僕の仕事場だから、とぶっきらぼうに言っただけだった。

ぶっきらぼう……女が最初に感じた版画家の印象はそれだった。

何かに怒っている、というのでもない、不快感をあらわにしている、というのでもない。目の前にいる人間を冷たい水が流れるような視線で眺め、ふいに自分の中にひきこもって、扉を閉ざしてくる、そんな感じだった。

た。

五十と聞いていたが、もう少し若く見えた。年齢がわからない、と言ってもよかった。

青白い芸術家タイプの痩せた体型を想像していたが、彼は厚い胸板や筋肉の張った腕の持主だった。そのため、口数の少なさにはかえって威圧感があった。

何故、妻子と別居して、こんな淋しい鎌倉の谷戸の一角に住んでいるのか、女にはわからなかった。妻に知られてはまずい愛人がいる様子もなかった。かかってくる電話はたいてい画廊か、仕事関係のものばかりで、版画家はその電話にすら出ることをいやがり、女に応対させた。

友達が訪ねて来ることもなかった。送られてくる郵便物の中に、私信とわかる封書が混じっていたためしもなかった。

版画家は日がな一日、アトリエにひきこもっていた。散歩と称してふらりとどこかに出かけて行くこともあったが、二時間とたたずに戻って来て、再びアトリエにとじこもった。

まともに口にする食事は日に一度だけだった。夕方になって女が用意した食事に手をつけ、酒を飲み出し、女が「それではこれで帰ります」と言うと、「ああ」とうなずいた。それだけの毎日だった。

版画家が女に好色な視線を向けたり、手を出しそうな素振りを見せてきたことは、一度もなかった。それどころか、女など、そこにいないかのようでもあった。

　版画家は女を見ておらず、話しかけてもこない。たまに女が、「いいお天気ですね」と話しかけても、うなずくばかりで応えなかった。アトリエにコーヒーを持って来るよう頼まれて、運んで行くと、振り返りもせずに、ありがとう、とだけ言った。

　版画家は猫を一匹、飼っていた。シロ、という名の、おそろしく大きな、胴長の白い猫だった。目だけが漆黒の闇を湛えたかのように黒く、濡れている。愛らしいというよりも飼い主同様、ぶっきらぼうで、刺々しい印象を与える猫だったが、不思議と女にはなついた。

　シロ、と呼びかけてやると、寄って来た。版画家から教わった通り、餌をやったり、水を替えたり、トイレの砂を替えてやったりするのも女の仕事だった。

　猫はアトリエに入れてもらえないので、版画家が仕事をしている間中、たいてい女の傍でくつろいだように眠っていた。女が台所で魚のわたを取り除いていると、足元にすり寄って来て、にゃあと甲高い声で啼いた。

　そのうち猫は、女の膝にのぼってくるようになった。白い生き物は、太った赤ん坊のように重く、女はすぐにその重みが好きになった。

　女が版画家の家に通い出して二ヵ月ほどたった。

三月末の、よく晴れた暖かな、静かな午後。夕食の仕度にとりかかる前に、女が庭に出て、猫を相手に戯れていると、アトリエから版画家が出て来た。見られているとは知らず、猫の背を撫で、話しかけてやっていた女に、版画家は声をかけた。

「あなたが初めてだよ。シロがこんなになついたのは。これまで、誰にもなついたことなどない猫だったからね」

女は少し驚いたが、すぐに立ち上がり、エプロンで手を拭きながら、そうですか、とだけ言った。

何か他に言うべきであることはわかっていた。嬉しいです、とか、光栄です、とか。だが、女はその種の言い回しに慣れていなかった。仕方なく黙っていると、版画家はちらと女のほうを見た。思いがけずまっすぐな視線だった。

遠くでけたたましくヒヨドリが啼いた。女は版画家の横をすり抜けるようにして、はいていたサンダルを脱ぎ、部屋に上がった。

版画家は珍しくくつろいだように猫を膝に抱きながら、小さなサンルームの籐椅子に腰をおろした。猫はごろごろと喉を鳴らし始めた。

「一角獣、って知ってるかな」

居間のテーブルの上の新聞を片づけていた女は、振り返り、目を瞬いた。

イッカクジュウ？

聞いたこともない言葉だった。外国の……中国あたりの食べ物の名前かもしれない、と思った。

版画家は猫を撫で、「ここに」と言って猫の頭を指さした。「角が生えてる動物だよ。もちろん現実の動物ではない。神話の中に出てくる架空の生き物だ。白い子馬くらいの大きさでね。頭も胴体も馬のように見える。顎には山羊みたいな白い鬚が生えていて、頭にまっすぐに伸びた美しい、長い角がある」

女はうなずいた。子供の頃、どこかの牧場で見たことのある、白い子馬を頭に思い描いた。

「その動物を手なずけるのは難しいんだ。見かけによらず、性質が荒い。猛り狂ったようになることもある。でも、ひとつだけ例外があってね。純潔な乙女にだけは気をゆるすんだよ。清らかな処女に甘えて、膝にすり寄る。そういう愛らしい一角獣を描いた絵は、たくさん残されていて、見ているとなかなか面白い」

そこまで言うと、版画家は抱いていた猫を床におろし、わずかに笑みを湛えて女を見た。そんなふうに版画家が微笑むのを女は初めて見た。

「シロはまるで、一角獣みたいなものだな。あなたにだけは気をゆるす。あなたにしか手なずけられない」

女は耳のあたりが赤くなるのを感じた。

「そんな……私は、処女なんかじゃないです」

「そんなことを聞いてるんじゃないよ」版画家は無表情に言った。「僕が話しているのは、猫の話だ」

女は立ったままうつむき、両手を握り合わせて、短く切りそろえたままの爪を見下ろした。「私にも処女だった頃がありましたけど……でも、そんなのはずっとずっと昔のことです。今はもう、忘れてしまいました」

「誰だってそうだろう」

「私、汚れてますから」

「え？」

「汚れてしまうと、安心ですよね。これ以上、どんなに汚れても、同じですし、男の人と私は……」

そこまで言って、女は口をつぐんだ。自分が口にしていることは、多分、ピントが外れているのだろう、と女は悲しい気持ちで思った。

だが、版画家は同じ姿勢のまま、そこに坐っていた。彼は静かに続けた。

「僕の言っている純潔というのは、そういう意味じゃない。千人の男と寝た女性でも、充分に純潔を保ち得る。その一方で、たったひとりの男しか知らない女性が、現実の垢（あか）にまみれて、汚れ放題、汚れていくこともある。まぼろしの動物の一角獣はね、そういう女性を見分ける力を持っていたからこそ、神話の中に生き続けてきたんだよ」

女は顔をあげ、まじまじと版画家を見つめた。使われる言葉は難しく感じられたが、何を言われているのかは、漠然と理解できた。何か素晴らしいこと、これまで誰ひとりとして考えもしなかったことをこの人は私に向かって教えようとしてくれている……そう思った。

猫が音もなくやって来て、女の足もとにやわらかなからだをすり寄せた。ほうらね、と版画家は言い、微笑んだ。

それはひどく寂しげな微笑だった。だが、女は信じられないほど幸福な、浄化されていくような気持ちに充（み）たされて、ぎこちなく微笑み返した。

四月に入って、女は時に、版画家と一緒に夕餉（ゆうげ）の食卓を囲むようになった。

そうしてほしい、と言われたわけではなかった。給仕をしている間に、版画家が何を語るでもなく話し始め、女が熱心に聞き入っているうちに、なんとなく時間が流れて、結局、飲めるのなら一緒に飲もう、ということになっただけだった。

版画家は静かな口調で、女に絵の話、詩や小説の話をした。女のよくわからない外国での出来事や、遠い宇宙の話、時に、映画や演劇、音楽の話もしてくれた。

ためになる、と思って聞いていても、難解でよく理解できない話が多かった。それでも女はいつも版画家の言葉に聞きほれた。

版画家の口にする言葉は、いつも女の気持ちの中にすうっと分け入ってきた。だが、どんな話をしていても、そこにはひたひたと流れる冷たい水のような悲しさばかりが感じられた。

それは本当にどうしようもない悲しみだった。どうしてこの人はこんなに悲しいのだろう、と女は思った。そう思えば思うほど、版画家がぽつりぽつりと語り続ける言葉の一つ一つが、女にはいとおしくてならなくなった。

そうやって、いつしか暮れなずむ庭に、甘い花の香りがたちこめる季節になった。雨あがりの晩には、近くを流れる疎水のあたりで啼(な)き続ける蛙の声が聞こえた。

帰りたくない、と思うような晩もあった。酌をしてやろうとした手が、つと版画家の指先に触れた時など、しびれるような悦(よろこ)びを覚えてしまうこともあった。ひとりになってアパートのベッドにもぐりこむ時、女は、版画家に抱かれている自分を夢想した。

この人のことが好きになったのか、と女は思った。

恋など、したことがなかった。いつも男から性急に求められ、応じてきただけだった。好きとか嫌いとか、惚(ほ)れたとか惚れないとか、そういった感情は女にとって未知のものだった。男と女は肉と肉のつながりでしかなかった。

そんな女を前にして、版画家の語る言葉はさらに豊かに、さらに悲しみを湛えるようになっていった。女に向けて話しているのではなく、自分自身に向けて何かを語りかけているように感じられることもあった。

静かに静かに続けられる言葉の合間に、流れ過ぎる時間がさらさらと音をたてて消えていった。版画家と過ごす夜は豊饒で、同時に切なかった。

話している途中で版画家はふいに黙りこみ、翳りを帯びた表情でじっと宙の一点を見つめることもあった。そのたびに女は、その視線の先にあるものを探ろうとした。版画家はふと顔をあげ、悲しみを湛えた目で女を見つめた。その目に自分は映っていない、と女にはわかっていた。わかっていたからこそ、女は版画家をじっと見つめ返した。

交錯する視線の狭間に羽虫が飛びかい、そこだけが現実であるかのように、小さな虫は、じじ、と羽音をたてた。

版画家が短銃でこめかみを撃ち、自殺したのはその年の五月だった。

いつもの通り、昼近くなって版画家の家に行き、アトリエを覗いた女は、顔を吹き飛ばされて倒れている版画家を見つけた。

アトリエの壁には一面に、血しぶきが散っていた。それは美しい朱色の絵を思わせた。

遺書はなかった。警察が来て事情を聞かれた。何もわかりません、と女は震えながら答えた。

版画家の妻と息子が東京から駆けつけた。妻はめんどりのように顔が小さく、胸と腹だけがせり出した奇妙な体型をしていた。二十二、三とおぼしき痩(や)せた息子は、どこかの会社の営業マンでもしているのか、濃紺の背広に黒のアタッシェケースを抱えていた。

ふたりともアトリエには入ろうとせず、居間でおろおろしているだけだった。

どなた、と女は妻に聞かれた。

通いの家政婦です、と女は答えた。

妻はいやな顔をして女を見た。軽蔑(けいべつ)したような顔だった。

自殺するだなんて、と妻は吐き捨てるように言った。なんてはた迷惑な、という言葉が後に続いた。

妻の目には涙の跡があったが、悲しみや怒りや驚きの涙ではない、それは何か、とんでもない災難にまきこまれた時の涙のようにしか見えなかった。

女は、版画家が猫を飼っていたことを妻に教えた。警察の人間が出入りしている間にどこかに行ってしまったが、いずれ帰って来る、どうすればいいのでしょう、と訊(たず)

ねた。

猫など引き取ることはできない、と妻は言った。生き物は嫌いだし、主人が勝手に飼ってた猫なんだから、と。

でも、このままにしておくと、野良猫になってしまいます、と女は言った。

妻は息子を促して、しばらく廊下で何かひそひそやっていたが、まもなく戻って来るなり、ティッシュでくるんだ小さな包みを女に差し出した。餌代にしてほしい、ということだった。

女は目をそらし、受け取らなかった。妻はすぐに包みを引っ込め、よろしくお願いするわ、とだけ言った。


白い猫は帰らなかった。待っても待っても、戻って来なかった。まるで主人の死を悼んで、遠い死出の旅にでも出てしまったかのようだった。

女は毎日、合鍵(あいかぎ)を使って版画家の家に通い続けた。猫がふらりと戻って来て、家に人の気配がないのはあまりにかわいそうだと思ったからだった。

家の後始末は夏にならないとできない、と版画家の妻は言っていた。理由はわからなかった。面倒くさいと思っているのかもしれなかった。

それまで家を無人のまま放置しておくことになるので、水道やガス、電気は止められていた。だから、いつ行っても家の中はうすぐらかった。湯をわかしてお茶を飲むこともできないので、女はミネラルウォーターの小瓶を持って行った。猫が帰って来たら、分け合って飲もう、とも考えた。

版画家が頭をぶち抜いて自殺したアトリエの壁は、業者が来て塗り替えていったのできれいになっていた。荷物の整理に来るたびに、血しぶきが散った壁を目の当たりにさせられてはかなわないから、と妻が言っていたのを思い出し、女は、自分だったら決してそうはしなかったろう、と思った。

あの血しぶきはきれいだった。小さな小さな、針の先ほどしかない夥しい赤い点は、さぁーっと横なぐりの風を受けて飛び散った、甘い石榴の果汁のようだった。版画家は最後に、この世で一番美しい作品を残したのだ、と女は思った。

初めのうちは、昼間、空いている時間をみつくろって立ち寄り、猫が帰っているかどうか、確かめる程度だった。口笛をふき、舌を鳴らし、猫の名を呼び、家の周辺を歩きまわった。

猫は台所の勝手口のドアについている、猫用の小さなハッチから自由に出入りしていた。女は台所の片隅に猫が愛用していた餌のボウルを置き、毎日、新しいものと取り替えてやった。

だが、そのうち女は、もしかすると自分がいない間に、猫が帰ってくる可能性もある、と思うようになった。餌があるのだから、それを食べて生き延びはするのだろうが、そんな猫が哀れに思えた。

やがて女は、家の中で猫を待つようになった。二時間も三時間も……時によっては午後の間中、家にいることもあった。

人が自殺したばかりの家なのだ、という実感はなかった。怖くはなかった。家に漂っている淀んだような静けさは、以前と少しも変わりのないものだった。今にもアトリエのドアが静かに開き、版画家が出て来て、無表情に薄手のコートの袖に腕を通しつつ、散歩をしてくる、などと言いだしそうな気がした。

版画家の日常も、版画家の悲しみも、あの頃のまま、家の中に残されていた。ただちょっと、時間の軸がねじ曲がってしまっただけなのかもしれなかった。

家にいても何もすることがなかった。女はただ黙って、じっと坐って、庭を見ていた。

版画家が自分に向かって語ってくれた言葉の数々を思い出した。思い出す、という作業が女に残された悦びになった。

女が幾度も幾度も、それこそ飽きずに思い返すのは、一角獣の話だった。

その話をしてくれた時の版画家の、静まりかえった表情や横顔に落ちていた影、わずかに笑みのようなものを湛えた唇の動き、自分を見つめてきた目の奥に、小さくわなないたような光があったことを女ははっきり覚えていた。

雨が降り出した。昨日も一昨日（おととい）も降っていて、やんだと思うと、また降ってくる。梅雨時の、しのつくような雨である。

まだ夕暮れ時だというのに、あたりはもううすぐらい。庭にはうす墨を流したような、淡い煙のような闇がたちこめている。

木々の梢（こずえ）、生い茂った草の葉を叩（たた）く雨の音がする。湿った土の匂いがする。その匂いに、樹液の香り、熟した果実のような香りが混じる。

自分が何を待っているのか、女には次第にわからなくなってくる。白猫なのか。一角獣なのか。それとも版画家なのか。

雨の降りしきる庭の奥、刺（とげ）のあるサンザシの茂みの間から、今にも、白く美しい、一本の角を生やしたまぼろしの動物が現れそうな気がする。版画家もきっと、そうやって帰って来てくれるのだ、と女は思う。

気持ちは悲しいほど清々（すがすが）しい。

女はただ、待ち続けている。

囚（とら）われて

私の三十三回目の誕生日に夫がくれたプレゼントは、イグアナのぬいぐるみだった。イグアナ！　クマでも猫でも犬でもない。グロテスクな胴体に短く扁平な足をつけ、首を伸ばして丸い目を素っ頓狂に見開いている、ふざけた爬虫類のぬいぐるみである。

そんなものがぬいぐるみとして売られている、という事実が私には信じられなかった。奇をてらうことによって売れ行きを伸ばそうとたくらむ業者が、最近、増えたということなのだろうか。それとも、子供たちがクマや犬の形をしたものには興味を示さなくなり、こうしたおかしな形をした生きものを求めている、ということなのだろうか。

「どうだ。可愛いだろう」と言いながら、夫はワインボトルを片手に、ダイニングテーブルの椅子にどかりと腰をおろした。「おまえ好みのぬいぐるみを探すのに骨が折れたよ。デパートやぬいぐるみ専門店を全部、回ったんだ。おかげでくたくたさ。腹ぺこで死にそうだよ」

夫は毛の生えたソーセージのような手で、素早くワインの栓を抜いた。そして二つのグラスに注ぎ入れながら、残ったほうの手で皿の上のフライドチキンをわしづかみにすると、大きな口を開けてかぶりついた。夫のぶ厚い唇は、たちまちチキンの脂でぎらぎらと光り始めた。

「おい。おまえも飲めよ。せっかくの誕生日だ。乾杯しよう」

私はうっすらと微笑(ほほえ)みながら、夫から手渡されたグラスを宙に掲げた。

だが、夫は「乾杯」とも何とも言わずに、ぎらついた口にグラスを運び、あっという間に、中のものをあらかた飲みほしてしまった。

「うまい」と夫は言い、舌なめずりをしてから、私のほうを見た。私は飲む気がしなくなったワイングラスをテーブルに置いた。

「なんだ。元気がないな。誕生日だっていうのに。風邪でもひいたか」

ううん、と私は慌てて首を横に振り、笑顔を作った。夫はマヨネーズがたっぷりかかったプチトマトをつまみ、口に放りこんだ。

「で、どうなんだい。感想は」

「え？」

「俺からのプレゼントだよ。気にいったのか、どうなのか。黙ってちゃ、わからないだろう？」

ああ、と私は言い、箱から茶色のイグアナを取り出して精一杯、頰をゆるめて見せた。「素敵だわ。珍しいし……それに……可愛い顔してる」

だろう？　と夫は言った。「せいぜい、可愛がってやれよ。実を言うとな、今回はぬいぐるみじゃなくて、アクセサリーか何かにしてやろうかと思ったんだが、やっぱりやめにした。おまえはほとんど外出しないんだし、きらきら光るブローチなんか持ってても、宝の持ち腐れになるだけだ。そういうものが一番いいんだよ」

きらきら光るブローチが欲しかった、と私は思った。それとも数本の薔薇(ばら)。いや、たった一枚の愛情のこもったバースデーカードだけでもよかった。

ぬいぐるみはもうたくさんだった。去年の誕生日は、ニンジンを抱いたウサギのぬいぐるみ、一昨年(おととし)の誕生日は、赤ん坊のおもちゃよろしく、天井から紐(ひも)でぶら下げるようになっているヒヨコのぬいぐるみ……。

見合い結婚して七年。私は、自分の誕生日に夫からぬいぐるみ以外のものをもらったことがない。一度だけ……あれは誕生日ではなく、最初の結婚記念日だったが……夫は赤いセーターをプレゼントしてくれたことがある。身体(からだ)にぴったりとした細身のセーターで、襟ぐりが大きく開いた大胆なデザインのものだった。私は歓声をあげながら夫に抱きついていった。

そう、まだ、あのころは夫とはうまくいっていた。一まわり近く年上の夫は、私を子供扱いし過ぎるところはあったが、頼もしい父親のようだった。世間でいうところの胸をときめかせる情熱はなかったにしても、一人っ子で育った私は、夫のような人と結婚してよかった、と思っていたのである。

だが、翌日、異変がおこった。私がそのセーターを着て買物から帰ると、たまたま家に戻っていた夫は私を見るなりひどく不機嫌になった。理由を聞いても答えなかった。

同席している人間と黙ったまま御飯を食べる、ということに慣れていなかった私は、夕食時になって、がつがつと怒ったように食べ続けるだけの夫を前にし、いたたまれなくなった。涙がこみあげてきた。

「お願い。何を怒っているのか、教えて」私がしゃくり上げながらそう言うと、夫は、突然、椅子から立ち上がり、手にしていた御飯茶碗を力一杯、壁に叩きつけた。割れた茶碗の破片と無数の飯粒が、床一面に散乱した。

私は何も言えなくなって口を閉ざした。夫は茶碗の破片をスリッパの爪先で蹴飛ばしながら、ダイニングを出て、自室に入り、鍵をかけてしまった。その晩、夫は寝室には戻らなかった。

翌朝、私は、勝手口の外にあるゴミ用ポリバケツの中に、見慣れない赤い布のようなものが散乱しているのに気づいた。よく見ると、それは鋏で目茶苦茶に切り裂かれた赤いセーターだった。

信じられない光景を目の前にして、その場から動けずにいた私の後ろに、いつのまにか、夫が立っていた。

夫は言った。「それは捨てたんだ」

私は振り返って、黙ったまま夫を見上げた。夫は締めたばかりのネクタイにコインを象った安物のネクタイピンを止めながら、私を見下ろして憎々しげにうなずいた。

「俺が贈って、俺が捨てたんだからいいだろう。そんなものを着て外に出ると、虫がつく」

あまりに的はずれな言葉を耳にして、私は顔が赤くなるのを感じた。夫が言わんとしていることが、にわかには信じられなかった。私は腹話術の人形みたいに、ぱくぱくと口を開けたり閉じたりした。「だって……私……買物に行っただけなのよ。すぐそこのスーパーに」

「スーパーだろうが何だろうが、男はいる。男どもがみんな、おまえの身体を見てたに違いないんだ。いやらしい不潔な目をして」

私は言葉を失って、黙りこくった。夫はふんと鼻を鳴らし、ワイシャツの袖についた糸屑をはらうと、「いいか」と低い声で言った。「今後、外に出る時は普段着で行くんだ。いつもおまえが着てるような恰好で行けばいいんだよ。ちゃらちゃらした恰好をするんじゃない。いいな」

頭の中で鈍くゴングが鳴ったような気がした。それが私の正真正銘の、結婚生活の始まりだったのだ。

以後、夫は私の誕生日に、子供に与えるような安物のぬいぐるみだけを贈るようになった。箱のまま物置に積んでおくわけにもいかず、かといって捨てることもできなかった。仕方なく私はそれらの動物たちを寝室に並べた。時には、夫の機嫌を損ねないように、と気を配り、猿のぬいぐるみに古い毛糸で小さなちゃんちゃんこを編んでやったり、クマのぬいぐるみにマフラーを編んでやったりもした。

夫はそれを見て、自分が与えたプレゼントを私が喜び、可愛がっているものと勘違いした。ごくたまに、機嫌がいい時など、夫は自らぬいぐるみを手に取って、馬鹿みたいな猫撫で声で話しかけた。おい、奥様は最近、お利口にしてるかな。昼の間、おまえたちが奥様の見張りをして、そばについててやらなくちゃだめだぞ。わかったか……。

夫は私を家に置いておくことに無上の喜びを感じている様子だった。私が仕事を持つことはもちろん、高校時代の同窓会に出かけたり、短大時代の女友達と会って映画に行ったりすることすら、許してはくれなかった。

おかげで友達は去って行った。私は毎日、たった一人で家にいて、毎日、命令と禁止と警告を発し続ける夫だけを話相手にしながら生きてきた。

それがいいことなのか、悪いことなのか、ごく普通の女が考えるように考えてみたことは何度もある。だが、ある時期を通り過ぎると、何かを考えるということすら面倒になった。おかしな話なのだが、夫から逃げ出すということは、夫と暮らすこと以上に大変なことのように思われた。言われた通りに生き、言われた通りに夫の命令に従っていさえすれば、私たちの間に波風は立たなかった。私は、その束の間の安息にしがみつくようになった。

奴隷というものは、その状態が長く続けば続くほど、虐げられていることに無意識の安心を覚えるようになる……そんな内容の話を何かの本で読んだことがある。私は、まさしくその通りの状態にあった。私は疲れ果て、しまいには誕生日にイグアナのぬいぐるみをもらっても、ただ、馬鹿みたいに笑顔を作ってみせることしかできなくなっていたのである。

私の三十三回目の誕生日は、夫が二本目のワインを空(から)にし、ズボンのウエストボタンをはずしたまま、太鼓腹を突き出して居間のソファーで大いびきで眠った時、終わりを告げた。それはそれまで夫が形ばかり祝ってくれた誕生日とまったく同じ終わり方だった。私はイグアナを寝室に持って行き、前回プレゼントされたウサギのぬいぐるみの隣に置いた。

イグアナは丸いきょとんとした目で私を見た。私はその目に見つめられながら、自分のベッドにもぐりこみ、眠れないままに夜を明かした。

夫が突然、出張を命じられたのは、その三日後のことである。夫は大手電機メーカーの技術関係のセクションについていた。そのせいで、出張は少なかったのだが、一度、出張となると、二、三日戻らなくなるのが常だった。

その日の出張も二泊三日の予定だった。家をあける時のいつもの癖で、私に細々とした注意事項……火の元、戸締り……や、禁止事項……金の無駄づかいの禁止、不要の外出禁止、夜ふかし朝寝坊の禁止……を言い渡すと、夫は小型のボストンバッグを抱えて、八時の新幹線に乗るために早々に家を出て行った。

夫が留守になるからといって、私の気分が晴れるわけではなかった。出張先から日に二度も三度も電話をかけてくる夫のために、午後の買物以外、外出がままならなくなるのは、普段と同じだったからだ。

だが、あのうっとうしい肉体が東京から遥か遠い場所に移動しつつある、と考えると、いくらか神経が休まった。私はスーパーでの買物を終えてから、ふと公園に立ち寄る気になった。

その公園は、スーパーから歩いて五分、自宅からも歩いて十四、五分程度のところにある、何の変哲もない小さな公園だった。子供用の砂場とブランコがあるにはあったが、どちらも粗末すぎるせいか、子供たちが遊んでいるのはあまり見たことがない。二つあるベンチはいつも、ハトの糞で汚れ放題に汚れていた。

私は買物袋をベンチに置くと、糞で汚れていない箇所を探して腰をおろした。空はよく晴れて暖かく、いいことも悪いこともみんな、欠伸ひとつすれば忘れてしまえるような日だった。私は目を閉じて、楽しい空想に耽る努力をした。

空想することだけが、私の楽しみだった。もし、自分がもっと美しく、もっと才能があって、もっと行動力があったら……と考えると、わくわくした。私は赤坂や六本木を流行の服を着て闊歩している。道行く男たちが、みんな私を振り返る。女たちは羨望と嫉妬のまなざしで私を見る。私は……そう、世界的に有名なファッションモデル。自分でデザインもし、私の名前のブランドがフランスやイタリアでも売れている。トップクラスのファッション雑誌に私の顔が載っていないことはない……。

いや、それはちょっと非現実に過ぎる空想かもしれない。もっと現実に近いことを想像するほうがいいだろう。たとえば……そう、私はお金持ちの奥様。屋敷にはお手伝いさんがいるから、何もしなくてもいい。私はこうして、毎日、きれいな服を着て、のんびりと散歩をしている。散歩の途中で、恋人と密会をするために、だ。

恋人はすばらしくハンサムな若者。彼は私のためなら何でもする。とても情熱的な愛の表現をして、彼は私を固く抱きしめ、いつかきっと、二人きりでヨーロッパの片田舎でひっそりと暮らそう、などと囁く。でも、私には愛する夫がいるから、とても彼と一緒になることなんかできない。だから私は時々、涙を見せる。幸福で贅沢な涙なのに、彼は私が悲しんでいるものだと誤解し、ますます強く私のことを抱きしめる……。

だめだわ……と私は独り言を言い、苦笑しながら額をさすった。そんなことは起こるはずがない。それはよく知っている。私には未来なんかない。あるとしたらそれは、今日と同じ未来、この瞬間と同じ未来だけなのだ。

私は深呼吸し、空を仰いだ。空想に耽って楽しんだ後は、いつも暗い気持ちになる。それなら空想なんかしなければいいのだが、やめられない。

ばかみたい、と私はつぶやき、溜め息をついた。ばかみたい。ほんとに、ばかみたい。

私がペルと出会ったのは、四度目の「ばかみたい」をつぶやいたその直後だった。ペルは小さな小さな犬……メスのチワワだった。私が座っていたベンチの裏側から、突然、あの可愛い尾を振りながらペルが現れた時の感動は言葉では言い表せない。それは本当に、信じられないほど素敵な出会いだった。

もちろん、その時、私はまだ彼女にペルなどという名前はつけていなかった。私は突然現れた一匹のチワワを見下ろし、微笑みかけた。「どこから来たの？」

犬はまるで私の言葉がわかるかのように、激しく尾を振り、不器用に前足を伸ばして、やっとの思いでベンチに飛び乗ると、そこにあった買物袋の匂いを嗅ぎ始めた。

腹が減っている様子だった。捨て犬かしら、と私は思った。それとも迷い犬？

首輪はつけていなかったが、よく太った健康そうな犬だった。長い間、あちこちをさまよって、健康を害した様子も見られない。毛の艶はことのほかよく、真っ黒な小さな鼻は、しっとり濡れて光っている。

試しに、スーパーで買って来たばかりの焼き豚の包みをほどいてやると、チワワは大きな目を真ん丸に見開き、我慢しきれない子供のように前足を私の膝に載せて、包みに鼻を突っ込もうとした。私は笑いながら、焼き豚を指でちぎり、与えてやった。チワワはぴちゃぴちゃと湿った音をたてながら、おいしそうに私の手から小さな焼き豚のかけらを舐めとった。

ペル。あんたはペルって名前にしましょう。私はチワワに話しかけた。ペルというのは、私が子供のころ可愛がっていたことがある子犬の名前だった。子犬はすぐに成長する。子犬がオオカミのように大きな犬になってしまってから、私はペルに興味を失った。私は昔から、小さなもの、弱々しくて守ってやりたくなるようなものだけが好きだったのだ。

「ペル」と私が呼びかけると、チワワは猫のように喉の奥で小さく喜びの唸り声を上げた。私はたまらなくなって、ペルを抱き上げた。ペルは私の頬を舐め、冷たく湿った鼻で私の耳たぶをくすぐった。私は大声で笑いながら、ペルを抱きしめ、キスをしてやった。ペルの身体はなめらかなビロードのようで、鼻を近づけると、干草のようないい匂いがした。

あたりには誰もいなかった。遠くを行き交う車の音がするばかりで、公園の外の道を歩く人影もない。

私はたちまち、未来と勇気を一度に自分のものにしたような気分になって、しげしげとペルを見つめた。七年来、感じたことのなかった興奮が私の身体の中で渦巻いた。

ペルはもう、私のものだった。私のものでなければいけなかった。このチワワがどこかの誰かに飼われている犬であったとしても、私以外の人間が飼い主になることは考えられなかった。

私は改めて周囲に誰もいないことを確認すると、ペルを抱きながらそっと立ち上がった。買物袋を片手に携え、ペルをジャケットの中に隠して見えないようにしてから、小走りに公園を出た。途中、近所の主婦にも出会わなかったし、出入りのクリーニング屋にも会わなかった。ペルは私が鼻の頭に汗をかきながら、家に飛び込むまで、ジャケットの中でじっとしていた。

「着いたわ」と私は玄関先に腰をおろしたまま、はずんだ息の中でペルに話しかけた。

「よかった。誰にも見られなかったみたいね。それに、今日も明日も、うちの旦那様はお留守なのよ。二人っきりでいられるわ」

ペルはそれに応えて、小さく吠えた。私はすっかり有頂天になった。

その晩、私はペルと一緒に食事をし、ペルを抱きながらTVを見て、そしてペルと共にベッドに入った。途中、夫から電話があったが、むろん、迷っていたチワワを一匹、家に連れて帰ったなどという話はしなかった。そんな話をしたら、夫は激怒し、犬畜生なんかは一歩も家の中に入れるんじゃない、と言って私をひどく叱ったに違いない。

夫は私の声にいつもとは違う張りがあることに気づいたらしく、「おまえ、なんだか今日は変だぞ」と言った。「ばかに御機嫌じゃないか。何かいいことでもあったのか」

夫が何やら疑ってかかろうとしていることは明らかだった。だが、私が「別に。何もないわ」と言うと、それ以上は質問してこなかった。夫も仕事で疲れていたのかもしれなかった。

翌朝まで、私はペルと一緒に、心ゆくまで眠った。それほどぐっすり眠ったのは久しぶりのことだった。ペルは終始、おとなしかった。頭を撫でられた時だけ、むっくりと首をもたげて私のほうを見つめるのだが、私が何もしないでいると、安心しきったように四肢を伸ばしてうとうとしている。そして、私が小声で囁きかけると、小さな尾を懸命に振ってそれに応えるのだった。

　夫が出張から戻る日、私はペルをどこに隠そうか、と思案した。ペルはほとんど吠えないから、例えば夫がいる間だけ、納戸か押し入れの片隅に置いておくことも可能だったが、万が一、夫に見つかったら、と思うと怖くてできなかった。

　それに、今後、ずっと夫の目を盗んで納戸や押し入れの中でペルを飼い続けることは、どう考えても不可能である。だが、私は諦めなかった。ペルなしの生活はもはや考えられなかった。

　裏庭の物置にペル専用のコーナーを作ってやり、そこにつないでおくことを考えついたのは、夫が戻る日の夕方になってからである。夫は、家の中のことはほとんど私まかせだった。むろん、庭の花壇の手入れや、物置の中の整理も夫の役割ではなく、私の役割である。夫が庭に出て、がらくたしか入っていない物置の戸を開け、中を改めるなどということは、まず考えられなかった。

　自分の考え出したアイデアに満足した私は、勇んで駅前のペットショップに出かけて行き、ペット用の小さなホットカーペットとベッドにするためのバスケット、それに細いリボンのような首輪と美しい紐を買った。ペルが闇を怖がらないよう、小さなスタンドを用意してやることも忘れなかった。

ペルが果たしてそうした処遇に満足してくれるかどうか、いくらかの不安はあった。だが、私が彼女を物置に連れて行くと、ペルは驚くほど素直にバスケットの中に入り、嬉(うれ)しそうに私を見上げた。私はペルに事情を説明し、朝になって旦那様が出かけたら、すぐにおうちの中に入れてあげますからね、と言いきかせた。

小さなスタンドの明かりを灯(とも)してやると、物置はうっすらと明るくなった。私はドッグフードと水を皿いっぱいに入れ、ペルをそこに残して部屋に戻った。

帰って来た夫は、疲れた疲れた、と言いながら、食事の間中、私が理解できない仕事の愚痴をえんえんとこぼし、しこたまビールを飲んで風呂(ふろ)にも入らずに寝てしまった。私は夫が眠ったのを確認してから、そっと物置に行き、ペルの名を呼んだ。ペルは気持ちよさそうにホットカーペットの上に寝そべっていたが、私の顔を見るなり、小さくワンと吠えて飛びついてきた。私はしーっ、と指を口にあて、ペルを抱き上げてやった。ペルはあらん限りの愛情をこめて、私の顔を舐めまわした。

幸福で幸福で、涙がこぼれそうだった。

夫の目を盗んでペルを飼い続けることは、思っていた以上にうまくいった。それもペル自身の協力によるものが大きかっただろう。ペルは夫が家にいる時は、決して吠えたり、鼻を鳴らしたりしなかったし、まるで初めからそこにいなかったかのように、じっと押し黙ってくれていたのだ。

また、昼間、私がペルを家の中に入れてやっている時、ペルは決して粗相をしなかった。足跡とか臭気とか、何か痕跡となるようなものを室内に残したりはしなかった。夫に向かって私が「実は、あなたに隠れてチワワを飼ってるのよ」と告白していたとしても、夫は信じなかったに違いない。

だが、私はペルの健康が気がかりだった。いくら超小型犬とはいえ、まったく外に出ることなく、夜は埃っぽい物置の中、昼はエアコンで室温が調節された家の中に暮らし続けて、身体にいいわけがない。そのうち、何かの病気になってしまうだろう。

そう案じた私が、次に夫に隠れてやり始めたのは、ペルを散歩させることだった。

本来ならば、夜、人が寝静まった時を見計らって外を走らせてやるのが安全なやり方だったが、夫が家にいる時にベッドを抜け出すなどということはできるわけがなかった。仕方なく私は、昼間、ペルを抱いてペルを拾った公園に行き、公園の中を引き綱をつけて歩かせる、という方法を編み出した。あの公園ならば、滅多に人は来ないし、たとえ誰かが来たとしても、すぐに抱きかかえて逃げ出せば、ペルを見咎められずにすむ。

私が恐れていたのは、ペルの元の飼い主がペルを探し続けて、町内のあちこちの電柱に張紙をすることだったが、見たところ、そうした気配はなさそうだった。いずれにしても、ペルは外に出してやらねばならず、そのためにはいくらかの冒険も必要だった。私は毎日、いつものように買物袋をぶらさげて、ペルをジャケットの中に抱き、スーパーではなく公園に向かうようになった。

予想していた通り、日差しの中で遊ぶことを許されたペルはことのほか、嬉しそうだった。砂場で砂を搔いたり、匂いを嗅いだり、空を見上げてうっとりしたり、木蔭に生えている雑草に鼻をこすりつけたりし、一時もじっとすることなく動き回る。

私はベンチに座ったまま、引き綱を手に、ペルがすることを見守った。ペルの散歩のおかげで、スーパーでの買物ができなくなってしまったが、それでも構わなかった。二、三日分の食料ならなんとかなったし、夫に疑われそうになったら、その時はペルの散歩をやめにして、スーパーに行き、いっぺんに大量の食品を買ってくればすむことだった。

夫が冷蔵庫を開けて、いつもの倍近くの食料品が中に詰まっているのを見つけたら、何か疑うのではないか、という不安もあったが、そうした不安も次第に薄れていった。夫に何か言われたら、その場で適当に答えておけばいい。何もびくびくすることはないのだ。

ペルは私にいろいろなものを与えてくれた。興奮、喜び、幸福、心地よい緊張、期待、希望……。そのうえ、ペルは私を少しずつではあるが、強くしてくれた。私は夫にびくびくすることが少なくなった。私がびくびくせずにいると、夫は何も疑ってこようとしなくなる。私はますます強くなり、自信に満ちあふれていった。

そして私は、彼……谷村正樹に出会ったのである。谷村は背の高い、頼もしい好青年で、おまけに情熱的で優しい男だった。

ペルがいなかったら、谷村とは出会わなかったろう。そう思うと、ペルには感謝してもしきれない。私がペルの散歩で、あの公園にあの日、あの時、出かけなかったら、私が生涯をかけて愛する人とはめぐり会えなかったのだから。

あれはペルが私のものになってから一ヶ月ほどたった、今にも雪が降り出しそうな寒い午後のことだった。私はいつものように買物袋を携えて、ジャケットの中にペルを隠し、ペルが風邪をひくといけないので、厚手のショールをすっぽりと肩にかけながら、公園に出かけた。どんよりとたれこめた灰色の雲が、あたり一面をうら悲しく見せていたが、私は相変わらず温かな気持ちでいられた。雪が降り出したら、ペルの散歩を諦めねばならなくなる。せめて降り出す前に、ペルを思いきり遊ばせてやりたかった。

公園には誰もいなかった。私はいつものように、ペルを砂場に下ろしてやった。ペルは寒そうにぶるぶる震えていたが、やがて好奇心たっぷりに砂の匂いを嗅ぎ、私を見上げて尾を振った。

何故、あの時、私がペルに引き綱をつけるのを忘れていたのか、どうしても思い出せない。いつもはつけてやるのだ。ペルは逃げ出すような犬ではなかったが、万が一ということもある。だから、引き綱だけはいつも注意して、ペルの首輪に装着してやることにしていたのである。

だが、その時だけ、私はその大事な準備を怠った。引き綱はとっくの昔にペルの首輪についている、と思いこんでいたのかもしれない。

私がベンチのほうに歩きかけ、手にしていた買物袋をそこに置こうとした途端、ペルが大きく一声、吠えた。振り返った私の目に映ったのは、ペルが小さな身体を懸命に動かして、砂場の向こう側に走って行こうとする光景だった。

「ペル！」と私は叫び声をあげた。「どこに行くの！」

だが、ペルはあっという間に、砂場の向こうのツツジの茂みの中に隠れて見えなくなってしまった。

殺気だった勢いで、私がペルを探しに茂みに突進して行ったのは、言うまでもない。ペルがいなくなることを考えると、身の毛がよだった。私がその時考えていたのは、ペルをこの手にしっかりと抱き上げ、ペルが永遠に自分のものであると確認することだけだった。

身体を屈(かが)めながら茂みを駆け抜けようとした時だった。茂みの奥に二本の足が見えた。細身のジーンズをはき、底の厚いバスケットシューズをはいた足……。

私は息を飲み込んで、屈めていた腰を上げ、おそるおそるその足の持主の顔を見上げた。

「あなたの犬？」その男はペルを抱きかかえながら、私に向かって微笑んだ。「僕に向かって、一目散に走って来たんです。かわいいな。まるで僕を待ってたみたいだ」

男は、両手にくるまってしまうほど小さなペルを私に差し出した。私は黙ってペルを受け取り、その鼻づらに頬ずりをした。思いがけず、涙がこみあげてきた。ペルは申し訳なさそうに私の顔を舐(な)めた。

「ばか。ペルのばか」私は見知らぬ青年の前で、子供のようにしゃくり上げた。

「よっぽど大切な犬だったんですね」青年は笑顔を崩さずに言った。目の前でばかな主婦が小さな犬を抱いて泣いている、というのに、彼は驚きもせず、小馬鹿にしたような表情も見せなかった。「僕がつかまえてあげてよかった。でも、このワンちゃんは、あなたから逃げ出したんじゃないですよ、きっと。僕のほうに駆けて来ただけなんです。僕に興味があったんでしょう」

私はうなずき、恥ずかしくなって涙を拭(ふ)いた。

「ごめんなさい」と私は言った。「泣いたりして恥ずかしいわ。どうもありがとうございました。突然、ペルがいなくなったもんだから、私、動転しちゃって……」

「ペル、っていう名前なんですね」青年は白い歯を見せて微笑み、ペルに向かって手を差し出しながら「ペル」と呼びかけた。ペルは軽く尾を振り、青年の指をぺろりと舐めた。

青年のすらりとした長い美しい指が、私のすぐ目の前にあった。私は突然、どぎまぎして胸が苦しくなり、一歩、後ずさった。青年はジーンズに枯れ葉色をした暖かそうなブルゾンを着ていた。彼はとても若々しく、陰影に富んだ彫りの深い顔をしており、私がこれまで会ったことのあるどんな男よりも魅力的だった。

「雪が降りそうですね」彼は少しはにかんだ様子で手を引っ込めた。「こんなに寒いのにお散歩ですか」

ええ、と私は言い、ペルに頬ずりをしているふりをしながら、赤くなり始めた顔をジャケットに埋（うず）めて隠した。「習慣ですから」

「いつもこの公園にいらっしゃるんですか」

「ええ。いつも。ほとんど毎日」

「偶然ですね。僕も毎日、この公園に来てるんですよ」

「あら、でもお会いしたことはなかったんじゃ……」

「僕が散歩するのはたいていてい夜なんです。あなたは？」

「私はいつもこの時間です」

「そう。だったら、会うはずはないな」

「そうですね」と私は言い、微笑んだ。わずかな沈黙が私たちの間を流れた。

「よかったら、座りませんか」彼はさりげなく、ベンチのほうを指さした。夫以外の男と、公園のベンチに並んで座ったことなど、かつて一度もなかった。私は緊張で足がすくんだが、それでもうまくごまかして、彼の後についてベンチに腰を下ろした。

「この公園は不思議だと思いませんか。いつ来ても、誰もいないんですから」

「そうですね」と私はうなずいた。青年の着ていたブルゾンが私の腕に触れ、かすかにこすれる音がした。恥ずかしさで飛び上がりそうになったが、私はじっとしていた。

「このお近くにお住まいなんですか」彼は私のほうを見て聞いた。歩いて十五分くらいのところです、と私は答えた。

「偶然だな。僕のアパートもここから歩いて十五分くらいなんです」

彼は自分が住んでいる町の名を言った。それは私が住む町とは公園をはさんで真反対のところにある町の名だった。だが、どちらにしても、最寄りの駅は共通である。私たちは、駅前のスーパーの名を出したり、ケーキがおいしいことで有名なコーヒーショップの名を出したりして、共通の話題に興じ、またたく間にうちとけ合った。

「こうしてここに来て、このベンチに座ってぼーっとしているのが、僕の唯一の息抜きなんです」と彼は言った。「三十にもなるというのに、まだ学生の身分でして……。いや、学生というよりも、浪人中と言ったほうがいいかな」

「浪人？　大学を目指してらっしゃるの？」

　まさか、と言って彼は笑った。「三十でまだ大学に合格できないんだったら、大学に行くことは諦めますよ。僕は司法試験を受けるために勉強してるんです。でも、いつ合格することやら。人生はなかなか思う通りにいきませんね」

　冷え込みはさらに激しくなってきていたが、私は寒さをまるで感じなかった。胸に抱いたペルは、私の乳房にすがりつくような恰好をして、静かに私たちの会話を聞いている。

　私は「偉いわ」と言い、青年のほうを見た。「頑張ってらっしゃるのね。羨ましいくらい。私なんか、毎日、なんにもしないで、ぼんやりしてるだけだから」

「結婚……なさってるんでしょう？」青年はそう聞き、ちらりと私の左手の薬指にはまったマリッジリングを見た。

　してますけど、と私は言い、さりげなくリングを隠した。この美しい青年を相手に夫の愚痴をこぼす気はなかったものの、ふと言葉が口をついて出た。「でも、うまくいきません。思っていたようには……っていう意味ですけど」

「お子さんは？」

ううん、と私は首を横に振った。「夫が……子供嫌いなので……」

「もったいないですね」と彼は言った。「あなたが産んだ子供だったら、きっと天使みたいに可愛いに違いないのに」

私は耳まで赤くなった。彼は恥ずかしそうに目をそらし、前を向いた。

ちらちらと雪が降ってきた。雪は柔らかく軽く、大地に落ちてすぐに溶けていった。

「帰らないと」と私はもぞもぞしながら言った。ちっとも帰りたくなかったのだが、そろそろ夫から電話がかかってくる時刻だったのだ。

ベンチから立ち上がった私よりも早く、青年が先に立ち上がって、ブルゾンのポケットをまさぐった。

「これ」と彼は言い、一対の黒いカシミヤの手袋を差し出した。「もしよかったら、はめていってください。少しでも暖まるでしょう？」

「でも……」

「いいんです。それを返していただく時に、またあなたに会えますから」

胸がとくんと鳴り、熱いものが私の全身を満たした。

「僕は谷村正樹といいます」と青年は言った。「あなたは？」

私は私の名を言った。谷村は大きくうなずき、私の名を口の中で繰り返した。まるで記憶の底に刻みつけようとでもしているようだった。

しばらくの間、私たちは互いに向き合う形で立っていたが、やがて谷村は「それじゃ」と言って、私に手を差し出した。私はおずおずと彼の手を握り返した。温かい、血の通った、なめらかな手が、私の冷えきった手をやわらかく包んだ。

「楽しかった。明日、僕はこの時間にここに来てます。あなたもベルの散歩に来ますか？　それとも雪が積もったら、来られませんか？」

「来ます」と私は力強く言った。「必ず」

私が手袋の礼を言うよりも早く、谷村はベルに向かってウインクしてみせると、軽々とした足取りで、もと来た茂みのほうに立ち去って行った。

私はそれから毎日、公園で谷村と会った。週末は夫が家にいたから出られなかったものの、それ以外の日は毎日、会った。会っている時間は、初めは三十分程度だったが、次第に三十分で別れるのが辛くなった。私たちの密会は、一時間に延び、二時間を過ぎるようになった。

話題は尽きることがなかった。彼は自分のおいたちをすべて包み隠さず話してくれた。彼は金沢生まれで、大学は東京。両親はまだ金沢に健在で、父親は弁護士を開業している、と教えてくれた。

何の苦労もなく育ってきた良家の青年、といった感じだったが、苦労知らずの青年によくあるような鈍感さは、彼には微塵も感じられなかった。彼は熱心な聞き手、熱心な恋愛至上主義者だった。

私が自分の不幸な結婚生活のすべてを語って聞かせると、彼は我がことのように真面目にうなずき、眉をひそめ、苦しげな溜め息をつき、そして、最後に私をそっと抱き寄せて、耳元で囁くのだった。

「あなたのご主人はあなたを愛してなんかいないんだ。僕があなたの夫なら、あなたを世界中で一番幸福な妻にできるのに」

私は夫に二つの重大な秘密を持っていたことになる。一つはペル。一つは恋人。ペルのことはまだよかった。ペルはどんな時でも、おとなしく物置にいてくれたので、夫に気づかれずに済んだからだ。

だが、谷村に関してだけは違った。あれほど夫を怖がり、顔色を窺って好きなことを何ひとつせずに生きてきたというのに、自分が夫に隠れて恋人まで作ってしまった、ということが、私には未だに信じられずにいる。もともと私は、そんな大胆なことをしでかして、平気で夫を欺いていける人間ではなかったのだ。

案の定、夫は私を猜疑心のこもった目で見るようになった。

「おまえ、最近、昼の間、何をしてる」と、夫はことあるごとに私に質問した。「電話しても留守のことが多いな。どこに行ってるんだ」

「買物よ」と私は答えた。それしか答えようがなかった。「スーパーの売場の位置が少し変わったの。だから、品物を選ぶのに時間がかかって、長くなるんだと思うけど」

「今日は二時から三度も電話した。おまえがやっとつかまったのは、五時になってからだ。駅前のスーパーに行くのに、どうして三時間以上もかかるんだよ。わけを説明してみろ」

「わからないわ」と私はうろたえて言った。「買物に何時間かかったか、なんて、いちいち調べてないですもの」

「嘘をついてるな」彼は不気味なほど低い声で言った。私は震え上がった。「正直に答えるんだ。何か俺に隠してることがあるんだろう。そうなんだな？」

「絶対ないわ、そんなもの」脇の下に汗が吹き出したが、私は必死で笑顔を作ろうとした。「あの……そう……私、恥ずかしくて言えなかったんだけど、ほんとのこと言うと、このごろちょっと太っちゃって。だから運動のためにたくさん歩くことにしたの。だから買物の帰りに遠回りして歩いて帰ったりしなくちゃいけなくて……」

ふん、と夫は鼻先でせせら笑った。「太っただと？　おまえが？　ばかな。俺に言わせると、おまえは痩せたよ。痩せただけじゃない。声につやが出て、目がうるんできた」そこまで言うと、夫は吐き捨てるようにつけ加えた。「発情したメス犬みたいにな」

そこまで言われても、私は谷村と会うことをやめなかった。危険は目に見えていた。夫はいざとなると、何をするかわからない男なのだ。私が谷村と恋におちていることを知ったら、夫は私たちを殺すに違いなかった。

それなのに、私は夫を欺き続けた。谷村に会えなくなるのなら、死んでもいい、とまで思うようになった。

ある日……それは、三月も終わりに近くなった春めいた日だったが、公園のふくらみかけた沈丁花のつぼみを撫でながら、谷村は私に言った。

「僕のアパートに来ませんか」

私の腕時計はすでに四時をさしていた。これから彼のアパートに行ったりしたら、間違いなく、夜になっても家に帰りたくなくなるに違いなかった。玄関先で私を詰問し、張り倒そうとして待ちかまえている夫の姿が目に浮かんだ。だが、私は谷村の誘いを断らなかった。どうして断るなどということができただろう。

谷村のアパートは小ぎれいな白壁の二階建てで、彼の部屋は二階の一番奥にあった。2DKの内部は、きちんと整頓されており、彼が書斎として使っている部屋には、小ぶりの書斎机と共に、難しそうな法律の本がたくさん並べてあった。

私はペルを室内に放してやり、谷村と炬燵を囲んだ。彼は黙りがちだったが、微笑みは絶やさなかった。私もまた同じだった。

幸福な沈黙の時間が過ぎていった。彼はつと立ち上がってキッチンに行き、手早く私のためにコーヒーをいれてくれた。コーヒーは香ばしい匂いを漂わせながら、二つのマグカップの中に等分に注がれた。

だが、私たちはどちらもコーヒーには口をつけなかった。何故なら、彼が炬燵に戻って来た途端、私は彼に抱きしめられ、情熱的なキスを浴び、我を忘れてしまったからだ。

彼は優しく、力強く、夫などとは比べものにならないくらい素晴らしい肉体をもっていた。彼は私の名を呼び続け、私は彼の名を呼び続けた。愛している、という言葉が私たちのまわりを黄金のヴェールで包みこんだ。喘ぎ声がひとつになった。私たちは幸福の絶頂に突き上げられて、長い長い至福の愛のひとときを共有した。

「家を出るわ」と私は、いい匂いのする彼の脇の下に鼻を突っ込みながら言った。「決心したの。今夜、夫に全部打ち明けて、家を出るわ」

彼はゆっくりと身体を起こし、いとおしそうな目をして私を見下ろした。「僕のところに来てくれるんだね？」

「もちろんよ」と私は言った。「ペルも一緒に」

「ああ、ペル」彼は言い、目を細めて、それまで忘れていたペルの存在を思い出したかのように、微笑みを浮かべた。「ペルも一緒だよ。もちろんだ」

「ここに来ていい？」

「あたりまえだろう？　来てほしい。ほんとに来てくれるんだね」

「来るわ。必ず。もう、昔の私じゃないもの。私は奴隷なんかじゃなくなったの」

「嬉しいよ。最高に嬉しいよ」

　彼は私の髪をかきあげると、こめかみに長く湿ったキスをした。

「でも」と彼は急に顔を曇らせた。「ご主人があなたに何かしやしないか、と思うと心配だ。僕も一緒に行こうか。いや、一緒に行かなくちゃいけない」

「大丈夫」と私はきっぱり言った。「あなたを巻き込みたくないもの。私ひとりでも大丈夫。いざとなったら、逃げ出せばいいだけ」

「ペルのことも言うの？」

「言うわ。全部。包み隠さずに言うわ。もうなんにも怖くない。あなたがいてくれるから」

　谷村は両手で私の顔をくるみながら、やわらかく唇を近づけた。「彼が僕の世界中でたった一人の愛する女性に何かしたら、僕が彼を殺してやるからね。これは本当だよ」

　私は幸福な気持ちに包まれて彼の胸に顔を埋めた。ペルが炬燵の上で、私たちを見ていた。ペル、ペル、あんたも今夜から物置で寝なくてもよくなるのよ……そう心の中で呼びかけながら、私はいつまでもいつまでも、谷村の胸の中で憩っていた。

夫にどう切り出すべきか、考える必要はないように思われた。どうせ、このまま家に帰ったら、夫にどやされるに違いないのだ。そこから自然に話が始まるに決まっている。いざ、本題に入ったら、ペルの存在のことと、谷村のことをあからさまに打ち明けてやればいい。あとは知ったことではなかった。夫がどれほど強く私を殴りつけようと、骨が折れんばかりに腕をひねり上げようと、私が生きていさえすれば、あの家を出られるのだ。そして、素晴らしい愛に満ちた人生を送ることができるのだ。

谷村はどれほど時間がかかろうとも、寝ずに待っている、と約束し、私は必ず、何があっても今夜中にペルを連れて身ひとつでここに来る、と約束した。

私は彼に送られて、家に戻った。外は春のぬくもりに満ちており、空気は花の匂いを含んで甘酸っぱかった。

家に着いた時、腕時計は八時を示していた。門には私がつけた記憶のない門灯が光っていて、夫がすでに帰っていることを物語っていた。

私は門の前に佇み、谷村にキスをせがんだ。谷村はキスをする代わりに、苦しいほど私を抱きしめた。私の懐にいたペルが、苦しがってキューンと鳴かなかったら、私たちは住宅地の真ん中で、永遠にそうやって抱き合っていたことだろう。永遠に。

玄関のドアには鍵がかかっていなかった。私はドアノブをゆっくりと回し、堂々と玄関から中に入った。恐怖心はまるで感じられなかった。だいたい、言いわけをする必要は何もなかった。結論は出てしまっている。何を怖がる必要があっただろう。相手が夫だろうが、化け物だろうが、私はいささかもたじろがずに対応できる自信があった。

「何時だと思ってる」

居間から夫の声がした。冷ややかな憎しみのこもった声だった。私は胸の中にいたペルの頭を撫でて安心させてやり、落ち着いた足取りで居間に入って行った。

夫はワイシャツ姿のまま、くわえ煙草をし、居間の真ん中に仁王立ちになっていた。ネクタイはよじれ、その出っ張った腹にだらしなく垂れ下がっていた。山のようにふかした煙草の吸殻が、テーブルの上の灰皿にたまっている。室内は煙草の煙で息苦しいほどだった。

「どこに行ってた。もう買物だなんて、言わせないぞ。どこかの発情した男と会ってたんだろう。そうなんだろう」

私はうすら笑いを浮かべながら、ペルを懐から出してやり、床に置いた。夫はちらりとペルをみたが、すぐに視線を私に戻した。

「なんだ、その顔は。何がおかしいんだ。え？　はっきり言え！　こんな時間までどこで何をしてた！」

「愛する人と会ってたの」私ははっきりした口調で言った。名前も言ってやろうかと思ったが、それはやめにした。後で探し回られても困るからだ。

　夫はくわえていた煙草をカーペットの上にぽとりと落とし、スリッパで乱暴に火を消すと、両手のこぶしを握りしめた。私は続けた。

「私、彼と一緒になります。これまであなたに黙っていたことはあやまります。でも今日は、全部、本当のことを言うわ。私たち、愛し合ってるの。私は人間が変わったのよ。もう、あなたの奴隷なんかじゃないの。あなたに黙って、ペルを物置で飼ったり、あなたに黙って……」

「ペルだと？」夫は乾ききって白く粉をふいた唇をつりあげ、私を遮った。「何の話をしてる。それがおまえの彼氏の名前なのか」

　彼は狂ったように笑い出した。「物置で飼ってるのがおまえの彼氏なのか。え？　そうなのか？　それとも、おまえとそいつとは、物置でセックスしてた、って言うのか。うちの裏庭の物置で。俺の目を盗んで。え？」

「違うわ！」と私は苛々(いらいら)して大声をあげた。「ペルはこの犬よ。見えないの？」

　私はペルを抱き上げた。ペルはかわいそうに、私たち夫婦の剣幕におびえて、早くも震え出していた。

「公園で拾ったこの可愛い犬を飼ってやりたい、ってとてもあなたに言い出せなかった。あなたに遠慮して遠慮して、遠慮のかたまりみたいになって、生きてきた。もうたくさんよ。私はたった今から、ここを出て行きます。ペルと一緒に」

夫が一歩、前に踏み出した。私は引っぱたかれるものと覚悟を決め、歯をくいしばった。だが、勢いよく伸ばされた夫の手は、私の頬にも頭にも触れなかった。

「こんなもの！」と夫はペルを片手でわしづかみにし、私の腕から奪い取った。「何がペルだ！」

「やめて！」私は夫につかみかかった。ペルが鳴き叫んだ。だが、夫は私を突き飛ばし、私の見ている前でペルの首をねじり上げた。私は床に這いつくばったまま、夫の足首をつかんで思いきり強く爪をたてた。

「やめて！　何をするのよ！」

「こんなもの、こうしてやる！」夫は私が止めるのも聞かず、片手でペルを宙に振り回すと、力いっぱい床に叩きつけた。

時間が止まったような気がした。私は茫然として、床を見た。ペルは小さな茶色のボロ切れのようになって、床に転がったままぴくとも動かなくなった。

焼けた小石が喉元からせり上がってくるような気がした。私は夫を見上げ、血が出るほど強く唇を噛んだ。

殺した！　殺した！　この男は、私の大事なペルを殺してしまったのだ！　自分が何をしようとしているのか、わからなくなった。気がつくと、私はテーブルの上にあった果物ナイフを手にし、両手でそれを握りしめながら、夫に向かって突進していた。

夫の呻き声が聞こえた。生温かいものが私の顔に飛び散った。私は構わずに、何度も何度も、それこそ夫の臓物がぐちゃぐちゃになるまで、夫の太った腹を、脂肪だらけの心臓を、そして丸太みたいな首根っこを刺し続けた。

若い刑事が首をひねりながら、部屋に入って来た。

部長、と彼は言った。「どうもおかしいんですよ。亭主に愛想をつかした女が、別の若い男と関係をもち、亭主が自分の可愛がっていたチワワを叩き殺してしまったんで、逆上して亭主を刺した……そう思ってたんですが、どうやら違うようですね」

「違う、って、どう違うんだ」部長刑事は聞き返し、部下に自分の煙草を差し出してやった。若い刑事は恐縮しながら、煙草を抜き取り、自分で火をつけた。

煙を吐き出す間もなく、若い刑事は部長の顔を正面から見つめて言った。「どこをどう調べても、女が言うあの町に谷村正樹なんていう人物は住んでなかったんですよ」

「よく調べたんだろうな」

「もちろんですよ。そんな人物は住んでいません。司法試験勉強中で、父親が金沢で弁護士を開業してる三十歳の男なんか、まるでいなかったんです。第一、該当するようなアパートもなかった」

「しかし、あの女は恋人のアパートの住所をはっきり覚えてたじゃないか」

「ええ。でもとにかく、なかったんです。アパートどころか、あのへんは工場の廃屋が並んでいるところでしてね。ぺんぺん草しか生えてませんでしたよ。それに、もっとおかしなことには」そこまで言って、若い刑事は声をひそめた。「チワワの死体なんて、どこにもなかったんです」

「そう言えば、ホトケが倒れていた床のまわりに犬の死体なんて見えなかったな」

若い刑事はうなずき、煙草を大きく吸うと灰皿の中でもみ消した。

「部長。あの女、鑑定にまわしたほうがいいですよ。全部、妄想だったんだ、きっと」

「だろうな」と部長は疲れた声で言った。

若い刑事は軽く肩をすくめ、嘲るように言った。「今も取り調べ室で泣いてますよ。ペル、ペル、って呼びかけて。ぼろぼろになって首が取れかけたイグアナのぬいぐるみを抱きしめてね」

カーディガン

五月の雨の音が聞こえる。

雨は、マンションの小さなベランダに転がしたままにしてある、錆びの浮いた如雨露を静かに叩いている。昨日は夏を思わせる陽気だったが、今日は朝からひんやりしていて、部屋の中は肌寒い。

朝食とも昼食ともつかぬ簡単な食事をとってから、ずっとぼんやりしている。日曜日だというのに、何もする気がおこらない。

繰り返し、頭の中をめぐり続けているのは、相も変わらず自分に起こったこと、起こりつつあることに限られている。他のことは何も考えられなくなっていて、実際、勤め先での仕事にも支障をきたし始めている。

しかし、私は正気だ。理性的にものごとを考えられるし、冷静に分析できる。何よりも恐怖や怯えで自分自身を見失うかもしれない、という不安はない。不思議なほど。

記憶はすべて鮮明である。抜け落ちてしまっているもの、うっかり見落としてしまったか、と思われるようなものは一つもなく、つまり私は、自分の身に起きたことを正確に把握しているのである。

蓄積した疲労とか、連日の睡眠不足とか、仕事のストレスとか……そういった、ありふれた理由にしがみつこうとしてみたこともないではない。疲れやストレスのせいで、自分の精神状態がほんの少し、ふだんと違っていたために、おかしな想像の世界を作り上げてしまった……そういうことにしてしまえば、すべては簡単に片がつく。そうなってくれればどんなにいいか、とも思う。

だが、事はそれほど単純ではない。そのことは自分が一番よく知っている。

私の目は飽きることなく、この黒いカーディガンに吸いよせられていく。平凡なデザインの、どこにでもありそうな薄手の女性用カーディガン。ボタンが四つ。全部、ボタンをはめると、胸がV字に開いたセーターのようにもなる。

裾のほうに左右、それぞれポケットがついている。丈は長すぎず、短すぎず。会社勤めをしている女性が、冷房から身体の冷えを守る時や、ちょっと肌寒い日に愛用するために、丸めてバッグの中にしのばせておくような、本当にありふれた、女性なら誰もが一枚持っていると言っても過言ではないカーディガンである。

明らかに高価なものではないし、もちろんブランドものでもなく、しかし、なぜか、襟元のタグは鋏で切り取られている。品質表示にはポリエステル100パーセント、とあり、洗濯方法は手洗い、もしくはドライクリーニング。アイロンは使用不可、とある。

駅前のスーパーに隣接しているクリーニング店が、仕上がった衣類につけてくれる緑色の細いワイヤーハンガー。カーディガンはそれにかけ、型崩れしないようにしてある。

古くなったカポックの鉢植えの後ろの、色あせた籐製の衝立。その衝立の、二つ折りになる折り目の部分に、カーディガンをかけるのが習慣になった。そこに吊るしておけば、こうやって眺めるのにちょうどいい。

籐製の衝立は、かつて同棲していた男が置いていったものである。彼はそれを私と出会う前、どこだかの公園で開かれていた日曜骨董市で安く手に入れた、と言っていた。

私は、出所不明な骨董品、というものがあまり好きではない。それは、生涯独身を通していた旅行好きの叔母から聞かされた話が、少女時代の私に恐怖心を植えつけたせいである。

叔母がまだ若かったころ、ドイツの片田舎にある骨董品店で買ったという年代ものの古い壺を持ち帰り、東京の家の玄関に飾った。その晩から、夜な夜な妙に寝苦しい日が続き、叔母はいくつかの原因不明の病を相次いで発症して、一年以上、苦しんだ。

私の家に立ち寄るたびに、叔母は陰気な表情で、外国人の女性の幽霊が時々、寝床の足元に立って自分を見おろしている気がする、という話をするようになった。母は叔母が身体のみならず、心も病み始めたのではないかと案じ、蔭でおろおろしていたものだ。だが、しばらくたってから叔母は、ついぞなかったほどの元気な声で電話をかけてきた。

なんでも自分の不調は、ドイツで買った古い壺が原因ではないかと考え、思いきってそれを処分してみたところ、瞬く間に心身ともに病が癒えて爽快な気分になったのだという。

やっぱり、何かの因縁があったんだわね、ほんとのことを言うと、日本に帰って玄関に飾った瞬間、ちょっといやな気持ちになったのよ、と叔母は言い、その優美な古い、しかし、どことなく怪しい生命が宿っているようにも見える壺の元の持ち主こそが、時々、自分を見おろして立っていたあの、白人女性だったのかもしれない、などと私に語った。

その一件があったせいで、私は早いうちから、骨董品に偏見を抱く人間になった。どんなに美しいものでも、そこにまつわる前の持ち主の想いを想像すると、恐ろしくてならないのだ。

だが、この衝立に関しては、骨董品と知って使っていながら、私は平気でいられた。

古びるあまり、黒ずみまで浮いていたが、それはただの焦げ茶色の籐でできた平凡な、大きすぎず小さすぎもしない衝立で、間仕切りや目隠しにするにも都合がよく、私たちはそれをベッドの足元に立てて使っていた。

　私は彼に夢中だった。彼は私の一つ年下。若くして結婚した女性との離婚歴があり、恋愛や結婚には慎重な構えをみせていて、そんなまじめそうなところにも私は初めから好印象をもっていた。衝立が骨董市で買ったものだったとしても、気味の悪い曰くつきのしろものだったとしても、そんなことはどうでもよかった。それほど私は彼に溺れていた。

　だが、同棲生活は一年半で呆気なく解消された。理由は簡単。彼が私以外の女性を好きになり、私と別れたいと言ってきたからだ。

　昨年の十一月の或る晩、深夜になって帰宅した彼から、おずおずと別れ話を切り出された。なんとはなしに、予感していたことでもあったが、いざ現実になってみると、私は逆上し、烈しいパニック状態に陥った。

　部屋にあるグラスや食器や灰皿を手あたり次第、壁に投げつけたあげく、キッチンに走り、包丁を手にして「死んでやる」と叫んだ。彼は終始、おろおろしながらも、憐れむような目をして私を見ていた。

　その、憐憫をこめた目が悔しくて、憎たらしくて、破れかぶれの気持ちになり、私は包丁の刃先を自分の喉に突きつけてみせた。彼は音もなく、風のように素早く駆け寄ってきて、私の手から包丁をもぎ取った。

　馬鹿げた愁嘆場。思い出すのもおぞましい、醜い修羅場。私は泣きわめき、叫び、子供のように床に突っ伏し、足をばたつかせて彼を罵った。あらん限りの罵詈雑言をあびせた。

　彼はしばし、じっと私を見おろしていたが、やがて「ごめん。全部、俺が悪い」と言うなり、肩を落として部屋から出て行った。私はその背に向かって、「ほんとに死んでやるから」と叫ぶように言い続けた。

　だが、言葉とは裏腹に、私に死ぬ気はなかった。自分が死んで、彼が一生、十字架を背負って生きてくれるかどうかはわからない。衝撃を受けるのは初めだけで、あとは、邪魔者がいなくなったことにせいせいするのかもしれず、そうであるならば、私の死は犬死にということになる。

　私は一睡もせずに夜を明かし、やつれた顔をごまかすために念入りにメイクを施してから出社した。ふだん通りにふるまうためには、鎮痛剤と安定剤の世話にならなければならなかったが、なんとか仕事をこなすことはできた。

　退社してから、彼の携帯に電話をかけた。二度と部屋に戻らないでほしい、一週間以内に部屋から荷物を運び出して、出て行ってもらいたい、と告げた。

言ったのはそれだけだった。それ以上、何か言葉にすると、堰（せき）を切ってあふれてくるものが、自分自身を奈落（ならく）の底に突き落としてしまうような気がした。

それから数日後、実際に彼が出て行く日まで、彼は部屋に戻って来なかった。やがて彼は、表情のない能面のような顔をして現れると、もくもくと自分の衣類や持ち物をまとめ始めた。運び出した家具らしい家具は、彼がパソコン作業をする時のために自分で買った、小ぶりのデスクと椅子だけだった。

テレビもDVDデッキも冷蔵庫も、ベッドもソファーも全部、彼とここで暮らし始めた時、互いに貯金をおろし、半分ずつ出し合って買ったものだった。彼はそれらをすべて私に残すと言った。

その言い方が気にくわなかった。偉そうな感じがしたし、俺はモノになど興味はない、全部くれてやる、ただ一刻も早く、身ひとつでここから出て行き、恋しい彼女のもとに行きたいだけなのだ、と言われているような気がしたのだ。

突き上げてくる烈しい怒りや悲しみに、我を忘れそうになったが、なんとかしてこらえた。その時はすでに、外に単身者向け引っ越しの業者が来ており、部屋に出入りし始めていた。私がそこで暴れたら、私自身の恥にしかならない。

彼の気持ちは離れてしまっているのだった。たとえ地球が回転するのをやめようとも、二度と決して、元に戻ることはない。そう考えると、怒りは不思議なほど速やかに治まっていった。

　あれだけ大騒ぎしたというのに、最後の最後、彼が神妙な顔をして、「じゃあ、これで」と言った時、私は彼をじっと見据え、深々と頭を下げながら「長い間、ありがとう」と言うことができた。淡い微笑すら浮かべ、「元気でね」と付け加えることも忘れなかった。

　心が冷えるというのはあのような状態を言うのだろう。私は静かな気分でいられたし、ほとんど何も感じることはなかった。まるで死人になったようだった。

　彼がいなくなってから、少し泣いた。ほんの少し。鼻をかみ、涙を拭き、窓を全部開け放って空気を入れ換えてから、部屋中に丹念に掃除機をかけた。シーツと枕カバーと布団カバーを新しいものにし、バスルームとトイレの掃除をし、ベッド脇の小さなサイドテーブルの上には、白いポットに入れられた赤い薔薇のプリザーブドフラワーを飾った。勤め先の会社で親しくしている同僚の里美が、その年の私の誕生日に贈ってくれたものだ。

　彼との関係が悪くなっていた時だったので、何とはなしに飾る気になれず、ずっとクローゼットにしまっておいた。改めて部屋に置くと、あたりの空気が急に華やいだようになった。私はその時、ついでにベッドの足元に立てておいた衝立の位置も変えてしまおう、と思いたった。

衝立は私に、彼とうまくいっていた時期……互いに夢中で、日毎夜毎、肌を合わせ、日が沈んで朝がくるまで、まどろみながら互いの肌の香りをかいでいた幸福な時期を思い出させた。二人で寝ていると、否応なく必ず目に入るのがその衝立だったのだ。

彼の胸に抱かれたまま、ふと目覚めて目を開けた時。彼の愛撫を受けている時。素っ裸のまま、互いに冗談を連発しながら、笑いながら、飽きずにしゃべり続けていた時。どんな時でも、その衝立は私の視界の片隅にあった。

ベッドに寝た時、衝立が目に入れば、去って行った男との、甘やかな蜜月のひとときを思い出すことになる。そのたびに泣きぬれている自分を想像すると、うんざりした。

かといって、捨てるのも億劫だったし、第一、もったいない、という思いもあった。使い方次第では便利なしろものだったからだ。

私は衝立をリビングコーナーのソファーの真横に移動させ、二つ折りにした手前の空間にカポックの大きな鉢植えを置いた。これでよし、と大きな声に出して言った。

あれから半年。くだんの黒いカーディガンは、今、その衝立に吊るされている、というわけだ。私はじっとそれを見つめる。そんなふうにそれを目にしていても、怖い、とは思わない。

怖いのではない。それどころか、むしろ、魅入られている、と言ってもいい。

今、私を苛んでいるのは、いったいどうすればいいのか、という問題だけなのだ。

本当に、いったいどうすればいいのだろう。

自問するたびに、私は死者の横たわる地の底に、音もなく引きずりこまれていくような心地になる。全身の産毛が、ぞわり、と立ち上がるような感覚を覚える。

先月の初め……例年よりも早く満開の時を迎えた桜が散り始めたころだったが、勤め先の同僚、山口里美が結婚退職することになった。

里美は私と同期入社で、二十七の時に、学生時代から交際してきた男と結婚。結婚後も仕事を続けていたが、夫の女性関係が原因で、すったもんだを繰り返したあげく、離婚した。

再婚相手は、従姉妹から紹介されたという製薬会社勤務の男で、里美よりも三つ年下だった。里美は再婚を機に退職し、家庭に入って子作りに励むという。

めでたい話でもあったし、里美は生来、嫌味のない女だったから、誰からも好かれており、社内ではすぐに、里美のために送別会を開こうという話が持ち上がった。

送別会といっても、上司や先輩が同席する堅苦しいものではない。同期入社の社員だけで見送る、あくまでも気軽なものをと里美本人も私たち自身も望んでいた。その送別会の幹事役をあてがわれたのが、私である。

私は里美とはとりわけ親しくしてきた。離婚後、ひどく傷心していた里美を励ましてやったことが、親しくなるきっかけだったと思う。里美は私には隠し事をしなかったし、それは私も同じだった。

私が同棲相手と別れた時も、その本当の苦しみを打ち明けたのは、里美だけだった。里美が再婚を決めたという製薬会社の男の話も、逐一、熱心に聞いてやった。里美が離婚した前の夫が、ベッドの中で里美の両手をパンティストッキングで縛らなければ性行為ができない男だったことを知っているのも、社内では私だけだったろう。

したがって、私が里美の送別会の幹事を務めるのは、自然ななりゆきではあった。

送別会は金曜日の夜、ということに決まった。出席者は私と里美の他に八名。私たちと同じ広告部所属の男性社員一名と女性社員一名、総務部の女性社員二名、営業部の男性社員二名、海外企画室の男性社員一名に女性社員一名……である。

一次会は新橋の居酒屋の半個室にし、二次会は銀座の裏通りにあるバーを貸し切り予約した。バー、といっても、美那子さんという、私たちとほとんど同世代の、気さくなママが一人で経営している小さな店である。

もともと里美が、再婚相手に連れて行ってもらった、という店で、私も何度か、里美と一緒に飲みに行った。美那子さんとはすぐに親しくなって、人恋しい晩など、仕事帰りに一人でふらりと立ち寄ることも多かった。

一次会でほろ酔いになった私たちは、全員そろって賑やかに美那子さんのバーに繰り出した。美那子さんの店は、カウンター席が八つと、四人掛けのボックス席が二つ。貸し切りにしてもらって十人で行くには、ちょうど手頃な大きさだった。

カラオケもついていたため、店では全員が、次々とマイクを手にして歌を楽しんだ。笑い声と手拍子で、小さな店内は喧騒の渦と化した。

店にいたのは九時から十一時半くらいまでだったろうか。残念だけど、そろそろお開きに、と私が、予定よりも少し早めにみんなに声をかけたのは、終電を逃すとネットカフェなどで朝を待つしかなくなるような人が多かったからだ。

最後の締めにもう一曲、と誰かが言い出し、美那子さんが、「じゃあ、定番だけど、SMAPの『らいおんハート』にしたら?」と提案してくれた。初めの部分のみ、男性陣が歌い、あとは全員で大合唱した。

歌い終わってから、里美が気取ってお礼の挨拶を述べ、少し感極まったらしい女性たちが、涙目になりながら次々と里美とハグを交わして、一同解散、となった。

美那子さんにはあらかじめ、その晩の貸し切り料金を決めてもらっていたから、会計は楽だった。私は里美を除く九名でそれを割って、一人分の金額を割り出し、全員に伝え、その場で釣り銭の授受などを手早くすませた。

確かに少し酔ってはいたが、さほどでもなかった。だから、あの晩のことは、すみずみまでよく思い出せるのである。

快く店を貸し切りにしてくれた美那子さんに私が礼を言っている間に、他のみんなは一足先に里美を囲みつつ外に出ていった。

美那子さんとはその時、ちょっとした冗談を言い交わして、笑い合ったので、ほんの少しだが時間がとられた。終電に乗り遅れる人が出てきたらまずい、と思った私は慌てて、「行かなくちゃ」と言い、美那子さんに笑顔で手を振った。

トートバッグを肩にかけ、店の扉を開け、外に出ようとした、その時だった。

美那子さんが「あ、庸子(ようこ)さん、ちょっと待って」と言って、私を呼びとめた。

振り返ると、美那子さんが黒いものを私に差し出し、「忘れ物よ」と言ってきた。

カーディガンだったが、それは私のものではなかった。

「まだ、みんな外にいるはずだから、訊(き)いてみるわね」と私は言った。

「そこのコート掛けのハンガーにかかってたの。みなさんが出て行かれる時、忘れ物がないかどうか、よく見てあげればよかった。ごめんなさいね、見落としちゃって」

私はその場でカーディガンを受け取り、美那子さんに笑顔で「おやすみなさい」と言って、階段を駆け下りた。美那子さんの店は雑居ビルの二階にあり、往復にはいつも階段を利用していた。

店の外の通りでは、私を待ってくれていたみんなの姿があった。里美をふくめた女性陣五人のうち、一人は電車に間に合わなくなるといけないから、と先に帰っていたが、男性陣は全員、その場にいた。まだ飲み足りない、という顔をした者もいたので、この後、男同士、誘い合わせて、どこかに行くつもりなのだろう、とちらりと思ったこともよく覚えている。

私は四人の女性たちに向かって、「忘れ物ですよぉ」と、少しふざけて黒いカーディガンを大きく宙に掲げてみせた。「誰のかな」

女性たちは全員、「自分のものではない」と首を横に振った。

里美が「じゃあ、それ、桜田さんのよ」と言った。一足先に帰ったという、海外企画室に所属している女性である。

その場に居合わせた誰のものでもないのだとしたら……そしてそれが、女性用のカーディガンであるのなら、今、ここにいない桜田のものであるのは明らかだった。だとするならば、幹事である私がそれをいったん預かり、週明け、出社したら桜田に手渡せばいいだけの話だった。私はカーディガンをそっと丸めてトートバッグの中に入れた。

土曜と日曜、私はそのカーディガンを自分のマンションの玄関脇にハンガーにかけて吊るしておいた。

桜田とは同期入社とはいえ、個人的なつきあいはなく、携帯のメールアドレスも知らなかった。知っていたら、親切心を働かせて、カーディガンの忘れ物を預かっている旨、メールを送っていたに違いない。

　週が明けた月曜日、私はカーディガンを丁寧にたたみ、ポリエチレンの袋にいれ、それをさらにハート型のロゴがついたピンク色の紙袋に納めて、会社に持って行った。

　月曜日には会議が多い。その日も午前中、会議が二つ続いて、終わったのは十二時近く。昼食をはさみ、午後になってからやっと、私はカーディガンの入った紙袋を手にして桜田のいる海外企画室まで出向いた。海外企画室は、私のいる部署のワンフロアー上にあった。

　パソコンに向かっていた桜田は私を見つけるなり、笑顔を作り、「先日はどうも」と甲高い声で言った。「めちゃくちゃ、楽しかった。一足先に帰っちゃって、ごめんなさい。でも、おかげで終電に間に合ってラッキーだったんだ。なにしろ、こないだのメンバーの中で、私が一番、遠くに住んでるんだものね」

　私は微笑を返し、「はい、これ。忘れ物」と言って袋を彼女に手渡した。「二次会のお店に忘れてってたでしょ」

　袋を覗きこんだ桜田は、怪訝な顔をして私を見つめ返した。「これ、私のじゃないけど」

「え？　違うの？」

「うん、違う」

「変ねえ。他のみんなも自分のじゃない、って言うのよ。じゃあ、誰のなんだろう」

「さあ」と桜田はあまり興味なさそうに、小首を傾げてみせた。「私たちが行く前に、あのお店に行ったお客さんのじゃない？」

あの晩、美那子さんの店は私たちのためだけに貸し切りにされていた。美那子さん自身がそう言っていたが、私たちが行く前に、なじみのお客が顔を見せたため、ほんの短い間、飲み物を供したのかもしれなかった。おおかた、その客が……女性客に違いないが……これを忘れて行ったのだろう、と私は考え、そう考えると、すべてが片づいたような気がした。

その晩、私は残業をすることになった。週の初めに仕事を片づけておけば、残りの日が楽になり、とりわけ週末の自由がきく。そのため、毎週月曜の晩は残業、と自分で決めてもいたのだが、その月曜日がくるのを待って、かつての同棲相手が女性と密会していたというのだから皮肉なものだ。

遅くとも十時には終わるように段取りを整え、夕食はその後にしようと考えていたのが、七時を過ぎたあたりで空腹を覚えた。手早くすませられるよう、私は一人で、会社の近くにある大衆的なトラットリアに出向いた。

あさりのパスタと小鉢サラダを注文し、忙しそうに店内を歩きまわるギャルソンの姿を目で追いつつ、今夜中に美那子さんの店に電話をかけなければ、ということをふと思い出した。

たかが誰かの忘れ物の、ありふれたカーディガンである。急がねばならないことでもなかったが、見知らぬ他人のものをいつまでも預かっているのは気がひける。

店はその晩、満席で、いつも以上に賑わっていた。サラダもパスタもなかなか運ばれてこない。私は席を立ち、トイレに通じる狭い廊下の角のあたりまで行って携帯を手にした。そこはいくらか静かだった。

電話口に出てきた美那子さんに、例のカーディガンは、うちの社の誰のものでもなかったので、たぶん、別のお客さんが忘れていったものだと思う、ということを簡潔に伝えた。「今夜はこれからちょっと残業なんで、行けるかどうか……。明日か明後日には必ず、お店に寄れると思うから、その時、持って行くけど、それでもいいかしら」

美那子さんは少し低い声で、「おかしいわね」と言った。「あの晩、庸子さんたちのグループの誰かが着てたものに間違いないのに。みなさんがいらっしゃる前に確認した時、コート掛けは空っぽだったんだもの。ちゃんと空っぽであることを私がこの目で確かめてるんだもの」

「でも、うちの会社のみんなは、全員、自分のものじゃない、って言ってるし。別のお客さんのものだと思うけど。前の晩のお客さんか、そうじゃなかったら、あの晩、私たちが行く前にお店に入ったお客さんか……」

「だって、少なくともあの晩は、庸子さんたちが来るまで、誰も店には来なかったのよ」

「じゃあ、前の晩のお客さんじゃない？　コート掛けにかけたつもりで、床に落としちゃったのに気づかなくて、それをあの晩、私たちのメンバーのうちの誰かが気づいて、親切にハンガーにかけといてくれたんじゃ……」

「いやぁ、そんなわけないわ。床に落ちてたんなら、小さなイヤリングみたいなものでもあるまいし、私が真っ先に気づくわよ。そうそう、あの晩、一人、同じ会社の人じゃない女性がいたでしょ？　彼女のじゃないの？　あの人にも訊いてみた？」

若いギャルソンが、私が注文したものと思われるサラダの小鉢を私が座っていたテーブルに置き、忙しそうに立ち去るのが見えた。

私は携帯を握りしめ、「は？」と訊き返した。「彼女？」

「一緒に来た人たちの中で、一人だけ、別の会社の人だったでしょ」

「あの晩、行ったのは全員、うちの会社の人間よ」と私は言った。「私も入れて、全部で十人。女子が六人、男子が四人。十人が十人とも、同じ会社の社員だったじゃない」

「何言ってるの。全部で十一人だったわよ」

「いやいや、美那子さん、十人よ。里美を除いて、九人で費用を割ったんだから」

「いいえ、十一人」と美那子さんはきっぱりと言った。「みんなが来てくださった時、私、すぐに人数を数えたから確かよ。お店をやってると、そういうのは習性になるんだから。それに、私、同じ会社ではない、っていう女性から、名刺もいただいてるもの。髪の毛を腰のあたりまで伸ばした、ほっそりした女性で、ちょうど庸子さんくらいの年齢の……」

まず思い出したのは、あの晩、里美の送別会に出席した女性たちの中に、腰まで髪の毛を伸ばしたロングヘアの人は一人もいなかった、ということだった。私も里美もふくめ、出席者の女性たちは全員、ショートカットかセミロングだった。

私が黙っていると、美那子さんは続けた。「その人、ずっとカウンターでにこにこしながら、あなたたちの歌、聴いてたわよ。一緒に拍手もして、楽しそうに笑って。いやだ、庸子さんたら。気味の悪いこと言わないでよ。そんな人、いなかった、なんて言うんじゃないでしょうね」

私はいやな夢でも見ているような気分にかられた。これから静まりかえった社内にもどり、残業しなければならないというのに、こんな気分にさせられるのはたまらない、と思った。

「ねえ、美那子さん」と私はできるだけてきぱきとした口調を作りながら、冗談めかして言った。「夢で見ただけの話と現実が、ごちゃまぜになってるんじゃない？」

「夢でもなんでもないわよ。その女の人、みんなと一緒に、がやがやとお店に入ってきて、私にもふつうに挨拶してたんだから。私、その時、いつもの癖で人数を数えて、あ、一人増えたんだな、って思ったんだから。同じ会社の人かと思ってたら、その人だけ、カウンターの一番隅っこの席に一人で座って、ちょっとみんなと距離置いてるみたいな感じに見えて。で、もしかして違うのかしら、って思って、お酒作りながら、里美さんや庸子さんと同じ会社の方ですよね、って訊いたのよ。そしたら、いえ、私だけ違うんですよ、って申し訳なさそうに言って……」

「ねえ、美那子さん。誰？　その人」私は声を落とした。

「私に訊かないでよ。あ、いやだ。鳥肌たってきた」

「美那子さんに名刺、くれたのね？」

「くれた」

「何て書いてあった？」

「覚えてない。でもお客様からいただく名刺は絶対に捨ててないから、探せばすぐ出てくるわよ。今、探す？」

私はそれには答えず、深く息を吸ってから訊ねた。「黒いカーディガンは、その人のもの、ってこと？」

「わかんないわ。でも、その人、黒っぽいもの着てたっけ。白い、襟のないブラウスの上に。言われてみれば、あれ、カーディガンだったかもしれない」と美那子さんは声をふるわせた。「今夜は、まだお客さんが誰も来てなくて、私一人でこの店にいるのよ。ここでこんなこと言いたくないけど……ちゃんとふつうに生きてる人だったわよ。ふつうにしゃべって、ふつうに笑って。ふつうにみんなと一緒に肩並べて帰って行ったんだから」

若いギャルソンが再び私のいたテーブルに近づき、あさりのパスタを載せると同時に、近くの席の客からの注文を受けているのが見えた。夕食時だったせいで、店内の賑(にぎ)わいはさらに増した。ニンニクやオリーブオイル、香辛料の香りが鼻をついた。どこか遠くで女たちの笑い声が弾(はじ)けた。

食欲が少し失(う)せた。私は美那子さんに、今夜、少し遅くなるかもしれないけど、必ずお店に寄る、とだけ言った。

その晩、私は、残業を早めに切り上げてから、美那子さんの店に行った。

その段階で、私はまだ半信半疑だった。確かに不気味でぞっとする話だったが、だからこそ好奇心をかきたてられて、私は軽く興奮してさえいた。夏の夜、部屋の明かりを消して語り合う、罪のない怪談話を聞いている時のように。

手にした紙袋の中には、黒いカーディガンが入っていた。もし、この黒いカーディガンが、私たちと一緒にいたという、その謎の女性のものであるのなら、つまりこれは異形（いぎょう）のものが着ていたカーディガン、ということになる。そう思うと、紙袋それ自体がにわかに湿気を帯び、ずしりと重みを増したようにも感じられたが、そんな感覚でさえ、私はどこかで面白がっているようなところがあった。

今から思うと、あれほど夢中だった同棲（どうせい）相手の男に手ひどく裏切られて以来、私は何か、その種の刺激を求めていたようにも思う。平凡な、波風の立たない日常の中にいるのはかえって地獄だった。何か心にぐさぐさ突き刺さるようなできごとや、自分がたどった不幸な時間を忘れさせてくれるようなできごとがないかと、必死になって探していたふしもある。

美那子さんの店には先客がいた。カウンター席の中央付近に中年の男女のカップルが一組。美那子さんはにこやかに二人の相手をしているところだった。

クリーム色の壁に、焦げ茶色の床と天井。少し古びたスタンドライトやスポットライト。クラシカルな内装の店は、いつもの通り、家庭的で居心地がよさそうで、店内には美那子さんが好きな古いシャンソンが、低く流れていた。

美那子さんは、カップルに軽く笑いかけたあと、すぐに私のほうに飛んで来た。ビールの栓を抜き、グラスに注ぎ入れ、私の前に置くと、美那子さんは早速、一枚の名刺を見せてくれた。謎の女性から受け取った、という名刺だった。

長方形の、あまり硬くない紙でできた、よく見かけるタイプの縦書きの名刺だった。そこには、名前、住所、電話番号が印刷されていた。

大日向早苗、という名になっていた。裏にはきちんと、名前がアルファベットで表示されていた。おおひなたさなえ、と読むのが正しいようだ。住所は世田谷区。電話番号は自宅とおぼしき固定電話の番号のみ。携帯番号は記されていなかった。

勤務先の会社の名も、職業も明記されていない。自由業の人間か、もしくは無職の人が挨拶代わりに使うために作った、シンプルな名刺とも言えた。

あの晩、美那子さんは私たちの注文した酒を用意し、小鉢料理や果物を運ぶのに忙しく立ち働いていた。そのため、カウンターの一番奥のスツールに座って、終始、もの静かに微笑んでいた「大日向早苗」が気になりながらも、逐一、話しかけてやる余裕はなかった、という。

とはいえ、大日向早苗、という女性の姿が見えていたのは、美那子さんだけだったということになる。私はもちろん、他のメンバーも誰も見ていない。いちいち確認したわけではないが、あの晩、みんなが口々に、「同期入社の会っていいよね。他の会社の人間が一人でもいたら、やっぱりちょっと、違う雰囲気になるもんね」などと言い合っていたことは、はっきり覚えている。

総勢十人で、四人掛けのボックス席を二つ使い、残った二人は補助椅子を持って来て、ボックス席につなげていた。だからカウンター席に、ひとりぽつねんと座っていた女性など、いたはずもないのである。

「でも、いたのよ」と美那子さんは声をひそめ、怯えたように言った。「まぼろしとか、そういうんじゃないのよ。だってほんとに、ふつうの人間だったのよ。ビールを飲んでたわ。あそこの席で」

美那子さんがそっと視線を移したほうを見ると、そこだけが、店内の明かりの恩恵を拒み、うすく黒い影に被われているように見えた。

「幽霊だった、ってこと？」と私がわざとはっきり訊ねると、美那子さんは、ぶるっと髪の毛を揺すって、「やめてちょうだいよ、庸子さん」と言った。「お願いだから、その言葉だけは使わないで。ここにいられなくなるじゃない」

美那子さんが本気で怯えているのを見ると、その怯えが私にも瞬時にして伝わってきたが、一方では、いたずら心がわき上がってくるのが感じられた。それはたぶん、自分が覚えた恐怖をどうにかしたい、とする本能のようなものでもあったろう。

かつて、ドイツで買った骨董品の壺に悩まされていた叔母。叔母が、あれだけの恐怖を語りながらも、その口調の奥底にはどこか、聞き手をより怖がらせようとするいたずら心が見え隠れしていたことが思い出された。自分以上に怖がっている聞き手を前にすれば、恐怖を語る本人はさらに勢いづく。自分が怖くて叫びだしそうになっていながら、もっともっと、相手の恐怖をあおってみたくなる。恐怖を前にすると、そうした心理が働くものかもしれない。

私は持ってきた紙袋から、ポリエチレンの透明な袋に入っているカーディガンを取り出した。「これだけど、どうすればいい？」

「ああ、庸子さん、そんなもの、見せないでよ。お願い」

「その女の幽霊が着てたものだったとしたら、忘れていったことに気づいて、ここに取りに来るかも」

美那子さんは気の毒なほど動揺を見せ、カップル客に気づかれぬようにするためか、怒ったような仕草で、私の目の前のカウンターを濡れ布巾で拭き始めた。

「庸子さん、それ、すぐに処分したほうがいいわ」

「処分？　どうやって？」

「そういうものはゴミとして捨てる、ってわけにもいかないでしょうから、そうね、お寺に持って行って納めるとか」

「持ち主がいるのに？」

ほんの冗談で言ったことだった。だが、そう言ったとたん、私はふいに、自分で口にした言葉に搦めとられていくのを覚えた。

「一つ、疑問があるの」と私は言った。「美那子さんが見たその女の人は、ずっとこれを着ていて、帰る時も、着たまんま出て行ったんでしょう？」

「そうよ」

「だったらどうして、これがここに残されてたの？　変じゃない」

「そんなこと、私に訊かれたって」

「何か言いたくて」と私は言った。声が我知らず、少し低くなっていた。「その人、何かを伝えたくて、いったんみんなと一緒に店を出て行った後、このカーディガンだけを戻しに来たんじゃないのかな。そっと、気づかれないように。もし、その人がこの世のものじゃないのだったら、そんなこと簡単にできるだろうし。で、それを見つけたのが美那子さんで、それを手渡されたのが私だった、ということになる」

美那子さんが渋面を作り、何か言いかけた時、中年のカップルの男性のほうが「すみません」と声を張り上げた。「水割りをダブルで」

笑顔を取り繕って、ウィスキーグラスに氷を入れている美那子さんに向かい、私は背筋を伸ばして言った。「これ、私が預かっとく。名刺もね」

美那子さんはふと顔を上げ、私を見つめてぴりぴりと、神経質そうにくちびるをふるわせた。「庸子さんたら、いったい何を考えてるのよ」

「ご心配なく」と私は言った。「ちゃんと持ち主に返してくるから」

まさに漫画のように口をあんぐりと開けた美那子さんに、私は安心させるように微笑みかけた。「誤解しないで。変な意味で言ってるんじゃないの。この持ち主の家族がこれを引き取ってくれるはずだ、って思ってるだけよ。だって、少なくともこの名刺の電話番号に電話をかければ、いろいろなことがわかるはずだもの。そうでしょ？」

カーディガンの持ち主は、そのことを伝えたくて、名刺を美那子さんに渡し、これをこの店に残していったのだろう……そう言おうとしたのだが、さすがに美那子さんを前にして言葉にすることはできず、何か冷たいものが背中を流れおちていくような気がして、私はそこで口を閉ざした。

今から思い返してみても、何故、あんなふうに確信をもってそう言えたのか、よくわからない。そもそも、もしも想像通り、女が死んでいるのだとしても、死んだ女のカーディガンを届けに来た、などと言って近づいてくる人間を家族が簡単に信用するわけもないのだ。

だが、私はそれこそ何かに突き動かされるような気分にかられた。それは焦るような、放っておけないような、好奇心と興味に勝てなくなって、気ばかり急くような、自分を制御できなくなる時の気分に似ていた。

翌日、昼休みに私はさっさと一人の食事をすませ、会社の近所にある小さな公園まで行った。たまにベンチでメールを打っていたり、女性社員同士、何事か、ひそひそとしゃべったりしている光景に出くわすことのある公園だったが、その日は曇り空で、今にもひと雨きそうな空模様だったせいか、人影は少なかった。

私は空いていたベンチに腰をおろし、ポケットにしのばせておいた名刺を取り出した。携帯を手にして名刺に印刷されていた番号を押しながらも、さしたる緊張感はなく、それどころか、はやる気持ちが抑えられなくなっているのが奇妙と言えば奇妙だった。

コール音が四度ほど続いた後で、落ち着いた女性の声が応答した。「はい、大日向でございます」

オオヒナタ、という言葉は明瞭に聞きとることができたが、私はあえて繰り返して訊ねた。「大日向さんでいらっしゃいますね」

「はい、そうです。大日向ですが」

「初めてお電話さしあげます。私、ヤスダヨウコと申します。大日向早苗さんはご在宅でしょうか」

わずかの沈黙があった。しかし、それはこちらを拒んでくるような沈黙ではなかった。もっと違う、ふわふわとした、優しい穏やかな沈黙だった。

「あのう、失礼ですが」とその女性は言った。低くもなく高くもない、ちょうどいい、耳にやさしく溶けいってくる声だった。「早苗に何か、ご用がおありなのでしょうか」

「はい。実は……」と私は、彼女の静かで穏やかな口調に甘え、勢いこんで言った。

「私、早苗さんのカーディガンをお預かりしてる者なんです。黒のカーディガンです、サマーニットの。先週……金曜の夜でしたが、私たちが開いた同僚の送別会の二次会の会場で、早苗さんがお忘れになったカーディガンなんですけど……」

自分でも何を言おうとしているのか、途中、わからなくなった。だが、私は、あくまでも現実に起こったこととして大日向早苗のカーディガンの話を続けた。「たまたま私が、その送別会の幹事をしておりましたので、カーディガンをお預かりする形になりました。早苗さんがお店の人に名刺を渡してくださったんで、お住まいがわかりましたものですから、近々、それをお返しにあがろうと思いまして。それでお電話させていただきました」

「まあまあ、それはそれは」と彼女はいっそう優しく、喜びを表現した。「ご親切に、ありがとうございます。本当に何とお礼を申し上げればよいのやら。申し遅れました。わたくし、早苗の母でございます」

「お母様でいらっしゃいますか。どうもはじめまして」と私は言った。早苗の母の口調につられてか、自分の言い回しもまた、どんどん優しく穏やかで友好的なものになっていくのを感じた。

「こちらこそ、はじめまして。ヤスダ様、とおっしゃいましたかしら。ヤスダヨウコ様、そんなにご親切にしてくださって、本当にありがとう存じます」

「いえ、そんな。ただ、お預かりしているだけです。でも、これを直接、お返しにあがりたくて」

「まあ、そんなふうにおっしゃっていただけて、何と嬉しいこと。ご都合のよろしい時で結構ですので、ぜひぜひ、拙宅にいらしてください。いつでもよろしいんですよ。わたくしのほうは暇な時間をもてあましてばかりおりますので」

「いいんでしょうか、お訪ねしても」

「もちろんですよ。本当にいつでも。なんでしたら、今日これからでも」

私は微笑んだ。「まだ会社におりますので、残念ですけど、今日はちょっと……。でも、明日でしたら休暇がとれます」

「あら、そう？　まあ、それは嬉しいこと。では、明日にいたしませんか？　どうぞどうぞ、おいでくださいましな。天気予報では、明後日まではとてもいいお天気だとか」

「そうですね。ここのところ、ずっといいお天気ですね」

「ね、では明日、ということで」と早苗の母は言った。「お待ちしていますよ」

「何時に伺えばよろしいでしょう」

「何時でも。朝でも昼でも夜でも」と早苗の母は言い、幸福そうにくすくす笑った。「でも、夜はもったいのうございますよね。だって、早苗とわたくしが丹誠こめたお庭をよくお見せできなくなってしまいますから」

「お庭？」

「ええ、ええ、お庭ですの」と早苗の母はまた、くすくす笑いをした。「お恥ずかしいくらい小さなものですけれどね。わが家に来られるお客様には、必ず自慢することにしているお庭なんですの」

「ガーデニングがご趣味だったんですね」

「ええ、まあ、最近の言い方ですと、そうなりますかしら。親子そろって、土いじりが大好きで、ついつい夢中になっている間にすっかり……」

「拝見するのを愉しみにしています」と私は言った。明日は何を手土産にしようか、と考えながら。苺大福？　チョコレートケーキ？　マカロン？　早苗親子は、甘いものが好きに違いなかった。何の根拠もなかったが、私はすでに、美しい庭を眺めている私のそばで、歓声をあげながらケーキを取り分け、紅茶をいれている早苗の母のまぼろしを見ていた。

私は翌日午後、ご自宅まで伺う、と約束し、通話を終えた。

公園を出て会社に向かう途中、考えていたのは翌日のことだけだった。その浮かれたような幸福な気持ちは夕暮れを迎えても消えることなく、むしろ、いっそう温かなものと化して私を包んだ。

翌日、有給休暇をとった私は、念入りにシャワーを浴び、早めに家を出て渋谷の百貨店の地下にあるスイーツショップをめぐり歩いた。店内はその時間帯、まだ空いていたので、充分愉しみながら甘いものを選ぶことができた。

結局、有名パティシエの手によるチョコレートボンボンと幾種類かのケーキ、日持ちのする水羊羹を買い求めた。それらの入っている紙袋を手にすると、いっそうはやる気持ちを抑えきれなくなった。

そして、私はひとつも迷うことなく、電車とバスを乗り継ぎ、気がつくと大日向早苗の家の前に立っていた。

どちらかというと、いかめしい家々ばかりが建ち並ぶ高級住宅地の片隅の、周囲の風景とはまったくなじんでいない、小さな古い、木造の家だった。家には小さな庭がついており、四月の光に包まれた家も庭も、宗教画の中に見るそれのように清らかに厳かに輝いて見えた。

「まあまあ、わざわざ遠くから、ようこそお越しくださいました。今日もこんなによいお天気で、本当によかったこと」

私が玄関ドアの脇についていた旧式のドアホンを押そうとしたとたん、庭のほうから声がした。私はすぐさま振り返り、その声の主のたおやかな微笑み方、優しげなまなざしに、瞬時にして魅入られたようになった。

清楚《せいそ》な白いブラウスに茶色のスカート、白地に小花模様のついたエプロン姿の、小柄で小太りの女性だった。六十代半ばといった年恰好《としかっこう》である。つぶらな瞳《ひとみ》と、形のいい小さな鼻、小さな口が、昔の雛人形《ひなにんぎょう》を思わせる。

なにより、その笑顔がすばらしかった。それは見る者に深い安らぎと静かな喜びを与え、怯《おび》えや不安や悲しみ、怒りを一瞬にして解き放ってくれる、神がかったような笑顔だった。

私が来るまで庭の手入れをしていたようで、彼女は手に小さな赤いシャベルを持っていた。私は両手を前で合わせて深くお辞儀をし、「はじめまして」と言った。「昨日、お電話させていただいたヤスダと申します」

「ええ、ええ、存じていますとも。ずっとずっと、お待ちしていましたのよ」

おのずと頬がゆるみ、笑みがこぼれてくる。全身が、すべての神経が、すべての感情が、目の前に立っている、どこにでもいそうな、少しふっくらとした初老の女性に向けて、解きほぐされていくのがわかる。この人が大日向早苗の母であり、昨日、私が電話で話した相手であることは疑いようもない。

「中に入る前に、ちょっとお庭をご覧にならない？　お恥ずかしいほど小さくて、文字通り猫の額ほどしかありませんけれど、これが、わたくしたちのお庭ですから」

早苗の母は、「わたくしたち」と言った。早苗はどこにいるのか。もう、ここにはいないのか。死んだのか。生きているのか。実在の人物ではなく、母親の空想の中に生きる者なのか。先にそれを知りたいと思ったが、すぐにそんなことはどうでもよくなった。

畳にして八枚分あるかどうかの、小さな庭だった。小さいのは確かなのだが、隣の土地との境界線がはっきりせず、茫々と生えた背の高い多年草や花を咲かせた低木で周囲を囲まれているため、実際の敷地よりも広く見えた。

雲ひとつなくよく晴れた四月の午後、丹誠を尽くした庭にはそこかしこで光が弾け、色とりどりに咲きほこった花の間隙をぬうようにして、尻の黒い丸々と太った熊ん蜂が飛び交っていた。木々の枝や草の葉に懸けられた蜘蛛の巣は、美しいレース編みのようだった。あたりには土のにおい、草のにおいがたちこめていた。私はうっとりとして、大きく息を吸った。

「これがデージー。隣が山吹。そしてレンギョウ。こっちがスミレ、水仙。あ、それはハハコグサね。そこのちっちゃなピンク色のはサクラソウ。隣がスズラン。あっちの日陰にあるのは、シャガの花。あ、それはカラタチよ。きれいだけど、刺があるからお気をつけになってね」

みっしりと隣り合わせになって咲いている春の花々を囲むように、花をつけた低木が並んでいる。ドウダンツツジ、石楠花（しゃくなげ）、アケビ、ライラック……。

「素敵」と私はため息まじりに言った。「なんだか花園に迷いこんだみたい」

「そう言っていただけると嬉しいわ。きっとここは土がいいんだと思うの。たいした世話はしなくても、みんなスクスク育ってくれるんですよ。あ、それは薔薇（ばら）。もちろん、ご存じよね。もうじき花が咲きますよ。そうしたら、庭いちめんが薔薇の香りに包まれて、それはそれは見事になりますから、またご覧にいれたいわ。いらしてね」

「はい、ぜひ！」

私が大きくうなずくと、早苗の母はにっこりと微笑んだ。

案内されて入った家の中は、庭よりもさらに私を感動させた。本当に小さな家で、部屋数は三つ。茶の間とそれに続く和室。玄関脇の洋間。しかし、縁側が広々としているので、手狭な感じはしない。どこを見てもそれらすべてが懐かしく、大昔、生まれる前に自分もまた、ここに暮らしていたのではないかと思わせるような風景である。

茶の間には海老茶（えびちゃ）色の古い水屋と、旧式のテレビ、電話機、冬になれば炬燵（こたつ）ぶとんをかけて炬燵に早変わりする長方形の家具調炬燵。襖（ふすま）が開け放されている隣の和室には、桐の和箪笥（わだんす）。柱の一輪挿しには、庭で切り取ってきたのであろうアケビの花が、形よく活（い）けられているのが見えた。部屋はどこも清潔に掃除されていて、開け放された縁側の窓からは、時折、庭のライラックの香りが漂った。

私が買ってきた菓子類を手渡すと、早苗の母は満面に笑みを浮かべながら礼を言い、早速、茶の間の奥にある台所で手早く紅茶をいれて運んできた。

早く確かめねば、と思うのだが、肝心の質問が言葉になって出てこない。早苗さんのこと、早苗さんはどうしたのか、ということ。

質問せずともわかっていることのような気もしてきて、私は少し落ち着かない気持ちにかられたが、それすらも、早苗の母の柔和な笑みと優しい言葉づかい、すみずみまでが心地好い家の空気にのみこまれていって、やがて忘れてしまう。

私は早苗の母と差し向かいで紅茶を飲み、ケーキを食べた。早苗の母がガラスの器に盛ってくれた大きな枇杷に手を伸ばした。私たちはよく笑い、よくしゃべった。心患うようなことは何もなく、過去に起こった悲しいできごとの数々も遠い時の彼方に消え去って、それは本当に夢見心地のひとときとしか言えなかった。

だが、腰をおろしている刺し子の座布団の脇には、私が持ってきた黒いカーディガンの入っている紙袋が置いてあり、どうしてもそこに視線が吸いよせられる。しかし、この話題を出したら、何もかもが壊れてしまうような気がして恐ろしい。

しかし、言い出さないわけにはいかなかった。これは早苗のものであり、早苗のものを返しに来たのだから、このまま持ち帰るわけにはいかないのだ。

私は覚悟を決めて、おずおずと紙袋から黒いカーディガンを取り出しながら言った。

「あのう、これなんです。早苗さんのカーディガン」

早苗の母は、カーディガンを見ても顔色ひとつ変えなかった。それまで同様、温かな微笑を浮かべつつ、彼女は「せっかく持って来ていただいたけれど、もう、よろしいんですよ」と言った。

「は？　どういう意味でしょうか」

「これからは、そのカーディガン、ヨウコさんがお召しになるんですもの」

「あの、でも……」

早苗の母はいっそうにっこりと、晴れやかに微笑み、いたずらっぽくうなずいてみせた。「あら、いやだ。おわかりのはずですのに」

何もわかるわけがなかった。いったい何を言われているのだろう。私は軽いめまいを覚えた。訊きたいことが喉もとにあふれてくる。外からやわらかな風が吹きつけてきて、ライラックの香りが強まった。

「楽しいわ」と早苗の母が言った。「こんなに楽しいのは久し振り。今夜はお夕食もご一緒しましょうよ。ね、ヨウコさん、きつねうどんはお好き？」

「え？　あ、はい。大好きです」

「わたくしね、きつねうどんを作るのが得意なんですよ。といっても、お揚げにおつゆを染みこませるのが上手なだけなんですけど。でもね、おつゆの出汁の取り方とか、自分で言うのも変ですけど、いろいろ手がこんでますからね。早苗がいつもほめてくれてました。夏の暑い盛りでもね、熱いおうどんをすすると、汗をたっぷりかいて、とっても元気になれるのよ」

私はじっと早苗の母を見つめた。手に黒いカーディガンを握りしめながら。

「伺おうと思っていました。早苗さんは、今、どちらに……？」

早苗の母は、そんなことも知らなかったの、とからかうように、片手で軽く口をおさえ、ほほ、と笑った。「ヨウコさんたら、今ごろ、何をおっしゃるの」

私は早苗の母から目をそらさぬようにしながら、慌ただしくいろいろなことを考えようとした。だが、考えているつもりでいながら、何もまとまりがつかない。わからぬことばかりなのが自然である、という唯一絶対の真実だけが残されていくだけで、そのうち私は、身体全体が、刺し子の座布団からふんわりと浮き上がっていくような感覚を覚えた。

「ヨウコさん」と優しく呼びかけられて、私は我に返った。早苗の母が私に向かって目を細め、おっとりと微笑んでいた。「おうどん、召し上がっていくでしょ？」

私はこくりとうなずいた。心の痛み、苛立ち、悲しみ、不安、虚しさ、何もかもが消えていた。肉体にも何ひとつ綻びがなく、それどころか生まれてこのかた、これ以上、気分がよかったことはない、とまで言い切れるような状態の中に私はいた。

「あとでまた」と私は言った。少し声が嗄（しゃが）れていた。「お庭、散歩させてください」

「どうぞどうぞ。お散歩できるだけの空間はないですけどもね。でも、いい気持ちでしょ。のんびりなさっていってね」


あれから、私は何度も何度も、世田谷の、早苗のいない早苗の家に通った。初めのうちは週末だけだったのだが、そのうち、ウィークデーにも出かけるようになり、果ては泊まっていってほしい、と言われたことを喜んで受け入れた。

玄関脇の洋間は空き部屋だったが、そこにはベッドが一つ、置いてあった。早苗の母はそこによく日干しされた寝具一式を用意してくれた。

その部屋のそのベッドに眠るのは、少し抵抗があったが、すぐに慣れた。泊まった日は、翌朝、早苗の家から会社に行った。早苗の母が作ってくれる朝食は美味だった。そのうえ、彼女は私のために弁当まで用意してくれた。

私は会社の昼休み、公園のベンチで人目を避けながらそれを食べた。退社後の同僚たちの誘いはすべて断るようになった。そのうち、ほとんど誰とも会話を交わさなくなった。

いけない、いけない、と思う気持ちもある。いや、はっきりとそう考えている。これ以上、このままの状態でいるのはよくないのだ。だが、自分を制御できないまま、時間だけが流れていく。

早苗の家に行っていない時、私は早苗の家のこと、早苗の母のことばかり思い出すようになった。いつ行っても居心地がよく、庭からはライラックの代わりに薔薇の香りが漂ってくるようになっていて、行くたびに私は甦ったような心持ちになり、幸福感に酔いしれた。

そして私はついに今、或る欲望に突き動かされているのである。

決してしてはならないこと、とわかっている。正直に打ち明けると、怯えのようなものも確かにある。しかし、何故、してはならないことなのか、怯えが走るのか、自分の中でもはっきりしない。

やってみなければわからないのではないか。もう、それしか方法はないのではないか。とりわけ今日のように、雨の降りしきる日曜の午後、早苗の家には行かずに自分の部屋で過ごしていると、欲望が強まるだけ強まって、爆発しそうになってくるのがわかる。

私は籐の衝立に吊るしてあるカーディガンを見つめる。つと手を伸ばす。袖をとって鼻を近づけてみる。

薔薇の香りがしている。あの家に漂っている香りと同じ、甘い香り。

私はうっとりする。カーディガンをハンガーから外す。いけない、いけない、と思う。だが、反面、もういいだろう、とも思っている。どれもこれも、初めからわかっていたことのような気もする。

……私は黒いカーディガンの袖に、そっと自分の腕を通した。

狂おしい精神

三島由紀夫という作家について、私はこれまでも、思うがままに幾つかの稚拙な文章を書きちらしてきた。その作品、その生きざま、その世界観、その死生観、その天才性……どの切り口から書くにしても、三島について書きたいことはいつだって山のようにある。それらは未整理状態のままでありながら、今もなお、私の中で発酵し続けていて、とめどがない。

とはいえ、この作家を語るには、どれほど言葉を尽くしても尽くし足りないのだ。そのため結局は、自分の中に過剰にあふれてくるものを整理しきれぬまま、煩悶することになってしまう。

そもそも、私などが何か語るまでもないのである。三島の死後、文学に携わる多くの優れた研究家たちが、ありとあらゆる角度から三島を分析し、論評し、検証し続けてきた。三島を云々することは、戦後日本の教養人にとっては、天候の話を交わし合うのと同じほど、ありふれたことであるとも言える。

そうわかっていて、それでも私は、三島由紀夫という作家について、懲りもせずに何か書きたいと思う。考えたいと思う。感じ続けていきたいと強く願う。

……この衝動は何なのだろう。

一九七〇年十一月二十五日。

当時、私が暮らしていた仙台市には、穏やかな晩秋の晴れ間が拡がっていた。晴れてはいたが、その季節、仙台の気温は低く、高校の授業をサボって自宅で寛いでいた私は、茶の間の炬燵から離れられずにいた。

午後三時頃だったか。庭の陽射しがだいぶ傾きかけた時分、ふと思いたってつけたテレビで、三島由紀夫が市ヶ谷の自衛隊駐屯地で割腹自殺した、ということを知った。画面には、死の直前、総監室前のバルコニーで演説している三島本人の映像が映し出されていた。

文芸評論家の奥野健男氏は、三島自決の報に接した時のことを「気を失うような衝撃を受けた」と『三島由紀夫伝説』の中に書いている。むろんのこと三島とは一面識もない、地方の女子校に通う十八歳の小娘だった私が、そこまでの衝撃を感じるはずもない。

それでも束の間、私は心底、呆然とした。頭が混乱し、何も考えられなくなった。

大好きな作家だった。私は彼の作品を偏愛していた。何よりもその際立って明晰な、冷たい優雅にあふれている美しい文章が好きだった。

その時、炬燵の上の果物籠には、蜜柑が盛られていた。窓越しの光が、そこにまっすぐに射しこんでいるのが見えた。光が作るだんだら模様の影が、盛られた蜜柑の上をなぞるようにして落ちていた。

妙な話ではあるが、晩秋の陽射しと蜜柑を彩っただんだら模様の影とが、今も私に、三島があの世に還った日のことを鮮やかに思い出させる。

驚くべきことに、あれから三十四年もの歳月が流れた。

三島は自決した時、四十五歳だったが、私は早くもその年齢を軽々と超えてしまった。四十五、という数字は長い間、私の中で意味を持っていたように思う。長く生き永らえたとしても、そのくらいで充分なのだ、といったような青臭い意味だったのだが、自身が小説家になってみると、私の場合は、四十五歳という年齢は、まだまだ充分に若い。作家としても、人間としても、女という性をもつ生き物としても。

なのに、三島由紀夫はその若さで、自身の命を絶ち、衰弱に向かう肉体と文学的パッションに幕をおろした。幕引きは恐ろしいほど手際がよく、鮮やかだった。

彼は政治のため、自衛隊のため、国家のため、思想のために自決したのではない。

さらに言えば、文学などという、あやふやなもののために身を挺(てい)したわけでもない。彼はただ、自身が作ったシナリオ通りに生き、シナリオ通りの死を死んだのだ。私は頑固にそう考え続けている。

シナリオ……三島由紀夫は小説の他に何作もの戯曲を書いた人だが、彼は自身の人生をも早くから戯曲化して捉(とら)えていたような気もする。過剰な自意識と歪(ゆが)んだ自己顕示欲とが、生まれながらにして彼を支配していたのだ。彼の人生は彼が作った舞台であり、彼自身は、自分が作ったシナリオに忠実に生きるしかない役者だった。大道具、小道具、ライティングの一つ一つに至るまで、彼は自分の人生を自ら演出し続け、幕切れのその一瞬まで周到な準備を整えてから、満足して旅立った。

三島の美学とは即ち、そういうことを言うのだろう。

三島の天才性は、その〝明晰さ〟にこそあったが、彼が残した作品にはどれも、ものごとすべてを秩序立てて、すみからすみまで整理し尽くさねば気がすまない人間の、不健康なまでもの執念が感じられる。小説における彼の描写力は、完璧(かんぺき)であり過ぎるあまり、何やら病的な印象を与えるほどだ。的確な言葉、的確な比喩(ひゆ)、的確な表現で彼はあらゆる心理や事象や風景を描写する。もとより混沌(こんとん)としていたはずの世界は、彼の手によって、一糸乱れぬ秩序の中に押し込まれ、無数の整理小箱の中に整然とまとめられていくのである。

生まれた時から、現実感が希薄な人だったのだろう。そうでなければ、これほどまで明晰であり続けること、同時に肉体的な痛みですら、外部のものにしてしまうことは到底不可能だ。

二・二六事件における若き中尉の割腹自殺と、その美貌(びぼう)の妻の殉死を描いた名作『憂国』で（かつて三島本人は、もし自分の小説の中で一編だけ、三島のエキスが凝縮したようなものを読みたいのなら、この作品を読んでもらいたい、と書いている）、中尉が腹を切るシーンが延々と描写される。ここで三島は、内臓の痛みをあたかも実際に体験したことのように、半ば陶酔しながら描いている。

肉体の、内臓の、死に向かう烈しい痛みをここまでリアルに、克明に書いた作家が他にいただろうか。彼は自らの手による痛みが、ゆるやかに死につながっていく実感をこそ「至福」と考える人間だった。肉体的苦痛と死こそが、皮肉にも彼に生きていることの実感を与えたのだろう。彼は早いうちから至福の死を求め、そのためのシナリオを書き、舞台を用意し、その通りに演じてから、生きている実感を最期の瞬間に痛みとして自覚し、幸福感にわななきながら死んでいった。

多分、そういう作家だった。

三島の死後、たて続けに膨大な数の三島由紀夫論が出版された。私もそのうちのいくつかには目を通している。

三島の作品で読んでいなかったものを取りそろえ、読みふけったりもした。古書店で、未読の三島作品を探しまわるのも楽しかった。彼の創作ノートがかなりの高値で売られているのを知った時も、迷わず購入した。途中、他の作家に傾倒して三島を読まなくなった時期もあったものの、それでも私が文学的に立ち返って行くのは、今も昔も常に三島である。自分は三島フリークだ、とつくづく思う。

三島由紀夫の何がいったい、こんなに私を惹きつけるのだろう、と考えてみる。作家としての人となりなのか、作品そのものなのか、さらに狭義の意味で言えば、彼が紡ぎ出す美しい文章そのものに酔っているだけなのか……。

それらすべてが私を惹きつけるのだが、敢えて言えば、ひとえに私が好きなのは、彼のもっていた狂おしい精神そのものなのではないか、と思っている。

過剰に狂おしいがゆえに、明晰にならざるを得ない。狂おしいからこそ、終末を予感し、破滅衝動にかられざるを得ない。狂おしいからこそ、いたずらに行動的にならざるを得ない。

幾つもの「狂おしさ」が、長い間、この作家を苛み続けたのだが、作家は敢然と自らの「狂おしさ」に立ち向かって、能動的にニヒリズムの極致を生き抜いた。三島にとって、生きる、ということは行動することであり、脆弱さを恥とすることであり、同時にファナティックな精神主義を貫くことでもあった。

あまりに美しすぎる寺に火を放った男の、冷たいナイフの切っ先のような内面を描いた作品『金閣寺』、心理小説として見事に精緻な出来ばえの『獣の戯れ』、女主人公の中のどこかに、隠された男色の精神性が覗き見える『愛の渇き』、壮大な恋愛悲劇として描かれた『春の雪』をはじめとする『豊饒の海』全四巻……例をあげればきりがないほど、三島作品のどれもに私は彼の内部で焔をあげている、収拾のつかない狂おしさを感じ取る。

三島は終生、山ではなく海、冬ではなく夏、月ではなく太陽を愛した作家だったが、彼は決して、それらのイメージに凡庸な健全さや活力だけを求めていたわけではなかった。三島が描写する太陽や夏や海には、どこかしら頽廃と虚無の匂いがある。腐敗していくものに向けた、美しい感傷のようなものがある。

同時に、彼は悲劇を愛し、悲劇を描き、自らも悲劇を演じて、恍惚の中に生きた。三島が描く世界はおしなべて悲劇のドラマツルギーに彩られていて、そこには普遍的なカタルシスではない、あふれんばかりの狂おしさを緻密に分析統合、整理した上での、人工的な明晰さだけが残されるのである。

私が好きなのはまさにそこであり、私はもしかすると、一読者として、三島由紀夫という人が残した作品群を自分自身のささやかな精神史の中でこそ、捉えようとしてきたのだな、と今更ながらに考える。天才作家、三島の精神構造を自身のそれに重ね合わせるなど、笑止千万であるが、実際のところ、これまで私は、いかに三島の明晰さ（狂おしさゆえの）に救われてきたか、わからない。

三島の精神を彩ってきた狂おしさは、人として生きる上での真摯さにも通じる。自身の内に狂おしさを内包していない表現者は、作家であれ、音楽家であれ、画家であれ、人の心を摑むことはできない。

にもかかわらず、私たちが生きる現代社会は、そうした無垢な狂おしさを滑稽なものとみなそうとする。無用なものだとして、あからさまに嘲笑しようとする。精神の狂おしさを失うことは、精神そのものを失うことにもなりかねないのに、多くの人がそれを隠蔽しようと試みて、狂おしさとは無縁のところで生きているふりをし続ける。

三島由紀夫は、私たちが忘れかけている精神の狂おしさを衝撃的な生き方で提示し、且つ、自身の作品に十全に残した。今こそ三島は読まれるべきだ、と私は思う。

神が降りた

一九八五年、三十三歳になる年に初めて世に出した長編小説は、ミステリーと呼ばれるジャンルのものであった。

それまで、ミステリーには疎かった。内外の作品を読みこんでいたわけでもない。まさか自分で書くことになろうとは夢にも思わなかったのだが、ルース・レンデルとカトリーヌ・アルレーを知って目からうろこが落ちた。ミステリーに抱いていた私の偏見は、悉く打ち砕かれた。私は彼女たちの作品から、小説とは何か、ということをはっきりと学んだのだ。

どれほど優れた小説であっても、書き手に高水準の技術が伴わなければ、読者に何の感興も呼び起こさない。技術を無視してもなお、読み手の心をとらえて離さないものを書けるのが理想だが、それができるのはおそらくひと握りの天才だけだ。

レンデルやアルレーの作品には、ジャンルを超えた確かな技術が感じられた。読みながら学び、書きながら学ぶ日々が続いた。私という作家に骨格というものを与えてくれたのは、まさにミステリーという小説形式に他ならなかった。

だが、ミステリーから多大な糧を得たものの、その技術をマスターできたかと思った途端、私はいきなり、思ってもみなかった苦境に立たされた。現実の約束ごとに縛られざるを得ないミステリー的手法に、強い違和感を覚えるようになったのである。掌からいつも何かが、ぽろぽろとこぼれ落ちていくような欠落感、焦り、ジレンマがあった。書きたい世界を書いているくせに、本当に書きたいことは別にあって、それはいつも砂のように消えていく……そんな気分に陥った。

小説を書くという行為は即興演奏のようなものである。演奏家である作者が、言葉を音にして奏で、旋律を生んでいく。なのに私には音が聞こえてこなかった。私は無音の中にいた。

そんな或る年の冬、私は突然、音楽を感じた。一瞬にして頭の中に大音量で旋律が流れ出した。大袈裟かもしれないが「神が降りた」と思った。暮れも近い、北風が吹き荒れる日の真夜中だった。後に直木賞を受賞することになる『恋』の、誕生の瞬間である。

『恋』を執筆中、私は幾度も奇妙な体験をしている。馬鹿げていると思われるかもしれない。だが、本当に自分が創造した登場人物たちのまぼろしを感じたのだ。

彼らは作者によって確実に命を吹きこまれていた。そしていつも、生きて私のすぐ傍にいた。私は彼らとくすくす笑い合い、会話しながら書いていた。
おそらくはもう、二度と味わえないだろう、不思議なひとときだった。

骸たちの静かな気配

軽井沢の別荘地に住んでいる。……と書くと、のっけから甚だしく誤解されそうなので慌てて書き添えるが、軽井沢といっても、町のはずれ。標高一一〇〇メートルを超える、外灯もついていない山の中である。厳寒期にはマイナス十五度まで下がり、雪は少ないが、ひとたび積雪があると瞬時にしてばりばりに凍りつき、あたりは氷の世界と化す。

この地に越して来て二十七年余りになる。別荘の窓から明かりがもれ、人の気配、車の気配がして賑やかになるのは真夏の一時期と、ゴールデンウィークのころだけ。人が通年暮らしている家は数軒しかなく、他の季節はたいてい森閑としていて、月のない晩などは、あたり一帯が漆黒の闇に包まれる。

こうした環境で暮らし続けていると、五感が鋭くなる。音、におい、気配、微細な変化……といったものに敏感になる。東京で暮らしていたころとは比べ物にならない。

よく晴れた明るい日など、散歩がてら、別荘地の奥に続く雑木林に少し足を踏み入れてみることがある。そんな時、めったに人が入らないはずの林の中に、比較的真新しい靴が片方、転がっていたりするのを目にすると、けっこうぞっとする。近くで人が首を吊っているのではないか、と思うからだ。

正式な報道や発表はないが、山や森では、人知れず自ら生命を絶った人の骸が時折、見つかる。死ぬのにふさわしい場所なのだと思う。

森の中に何か得体の知れないものが潜んでいる、と感じることはままある。おそらくはそのほとんどが野生動物や野鳥なのだろうが、そうでもなさそうな感じがすることも少なくない。とはいえ、この近辺の山に分け入り、自ら生命を絶った人たちや、この地で力尽きたいにしえ人の霊のようなものを感じる、というのでもなくて、私が感じるのは、いつだって「動物たち」のそれなのだ。

生命尽きた無数の骸として、森の大地の奥底深く静かに折り重なっているであろう動物たち。あるいは、他の動物に捕食され、無念にも生命を落とした夥しい生き物たち。そんな彼らの何かが森を構成している、と感じるのである。

イノシシ、カモシカ、ツキノワグマ、ニホンザル、キツネ、タヌキ、テン、ウサギ、リス、ムササビ、何十種類もの野鳥たち……無数の生き物が生息している森なのに、私がこの地で動物の死骸を目にすることはない。短い生涯を終えた動物たちは、他の動物に食べられ、あるいは土や枯れ葉と溶け合って、土中の微生物にとりこまれ、姿かたちをきれいに消してしまう。

我が家の裏庭には、スティーヴン・キングではないが、「ペット・セメタリー」ならず「バード・セメタリー」がある。毎年決まって、野鳥が数羽、我が家のガラス窓に激突して生命を落とす。あまりにいじらしくて、その骸を小箱に入れ、葬ってやっているうちに、いつのまにか野鳥の墓所ができあがってしまった。

葬るたびに、かたちばかり季節の野の花を千切(ちぎ)って手向けてやる。どこに埋めたのか、わかりやすくするために立てる小枝や小石の墓標は、いつのまにか生い茂る草の中に隠れ、雨風に晒(さら)されて見えなくなる。どこからどこまでが墓所だったのか、すぐに何もわからなくなる。

そうやって何もかもがきれいに消えていき、また新たな生命が生まれてくるのだが、消え去ったものたちは、実はどこにも行かず、森の中にいつまでも潜んでいる感じがしてならない。森全体が、何かざわざわとした気配をまき散らしている時、そこに私は、死んでいった無数の生き物たちの蠢(うごめ)きを思う。

だが、一度だけ、真冬だったが、よく晴れた銀世界の中、凍(い)てついた森の奥(山間(やまあい)の谷のようになっている場所)から、赤ん坊の弱々しい泣き声がずっと聞こえていたことがあった。明らかに人間の赤ん坊の声だったが、近所に滞在中の人はおらず、そんな時期、乳飲み子を連れて雪深い谷に降りていく人などいるわけもなく、それどころか人の姿さえない季節だったので、生きたものの声とは思えなかった。赤ん坊の細い泣き声は夜も続いていて、さすがに気味が悪かったが、翌朝になるとやんでいた。

あれが何だったのかは今もわからない。

著者あとがき

読み書きができるようになったのは早かった。電車の窓から見える看板の文字まで、いちいち大声で読みあげては悦に入っていたが、中には大人の世界の言葉もあったようで、母はいつも恥ずかしがっていた。

娘が活字好きであることを知った父は、私に幼児向けの童話の絵本を次から次へと買い与えた。私の中にあった幻想の扉を真っ先に開けてくれたのは、固唾（かたず）をのんで読んでいた、昔の童話絵本だったような気がする。

愛らしくて心温まる、めでたしめでたしの物語ばかりが童話ではない。表向き、そのような体裁をとってはいても、実はこの世の残酷さ、どうすることもできない不条理や哀しみ、いたたまれない不安やぞっとする恐怖にあふれている。読んでいるうちに、「ふだん見えないもの」も見えてくる。心の襞（ひだ）が、するすると開かれていく。

小学校の図書室にひっそりと並ぶ「恐怖小説」と出会ったのは、小学四年のころだった。小学校高学年向きに翻訳された海洋奇譚シリーズ。タイトルは忘れたが、表紙には、白い波頭をたてて荒れ狂っている海と、今にも沈没しそうな一隻の帆船の絵が描かれていた。

　難破したはずなのに、しばしば姿を現す不気味な幽霊船とか、海の死者たちが巻き起こす大嵐とか、死んだはずの乗組員と船のデッキで遭遇した船長の話とか、その種の、おそらくは実話をもとにして書かれた、一話完結の物語に酔いしれ、時間を忘れて読みふけった。

　ありもしない物語、ではないのだった。遠いどこかの国の、見知らぬ人々が体験し、語り継がれてきただけの、怖くて面白い作り話でもなかった。どの話も私にとっては、日常の延長で自分もまた遭遇するかもしれない「何か」だった。


　前巻『ふしぎな話』に引き続き、幻想怪奇小説の分野における拙作の最大の理解者、東雅夫氏によって、本書『私の居る場所』は編まれた。

　アンソロジストとしての東氏の功績は、改めて記すまでもない。東氏はかつて『幻想文学』という、きわめてマニアックで優れた幻想小説専門誌の編集長を長く務めていた。そして私は『幻想文学』の、誰にも負けない熱心な愛読者の一人であった。

　縁あって東氏のインタビューを受けてから、長い歳月が流れた。氏が編者となって編まれた上質なアンソロジーの数々は貴重なものばかりだ。すべて私の書斎の書棚に並べているが、二年ほど前になろうか、「三島由紀夫怪異小品集」というサブタイトルがつけられた『幻想小説とは何か』（平凡社ライブラリー）を読んだ時は、思わず感嘆の唸り声をあげた。

文豪の手による怪異作品を集めたアンソロジーの中の一冊で、そこには三島由紀夫が発表した怪異をめぐる小説とは別に、三島の対談、戯曲、評論、書簡が、同一線上に並べられていた。虚構と現実が自然に溶け合い、読み手を幻惑していくかのような、その斬新な編み方には驚愕し、興奮させられた。

一人の作家の怪異小説作品集の中で、対談や評論が同時に読めるというのは、読者にとってどれほど贅沢（ぜいたく）なことか。中でも、三島が、泉鏡花や稲垣足穂の幻想文学的な魅力について語っている、澁澤龍彥との対談は出色だった。

一作家のアンソロジーに、異なる表現形態のものを混ぜあわせる、という大胆な試みに感動してまもなく、私自身が、東氏によって、怪奇作品のみならずエッセイもふくめたアンソロジーを編んでもらえることになるとは夢にも思っていなかった。こんなに嬉しいことはない。

いたずらに年を重ね、作品の数は増えるばかり。そんな作家の、膨大な数の資料を集め、読みこむ作業はどれほど大変だったことだろう。東氏の根気強さには別の意味で脱帽するばかりである。本書が『ふしぎな話』と併せて、末永く読者に読み継がれていくことを願っている。

ちなみに本作品集の中で、作者の一番のお気に入りは『坂の上の家』である。私をよく知る読者には意外かもしれないし、なぜなのか、自分でもうまく説明できないのだが、大昔、幼いころに読んだ童話に通じるものがあるせいだと思う。

かつて、これに似た童話を読んだことがあったのか。それとも、「家」にまつわる何かが、幼いころから現在に至るまで、私を幻惑し続けているからなのか。

二〇二二年如月(きさらぎ)　雪降りつもる日に

小池真理子

解説

東（ひがし）　雅（まさ）　夫（お）（アンソロジスト／文芸評論家）

小池真理子による極上の〈怪奇譚〉を蒐（あつ）めたアンソロジー——パート2となる本書『私の居る場所』は、パート1の『ふしぎな話』と同じく、掌篇小説の知る人ぞ知る名手にして、卓越したエッセイストでもある作者の魅力を、存分に満喫していただけるようなセレクションを心がけてみた。

巻頭には前回同様、全篇の核心を特徴づける達意のエッセイ三篇を、『いとおしい日々』（徳間書店／二〇〇〇）から収めた。写真家のハナブサ・リュウ氏とのコラボレーションにより生まれた特異な詩画集というべき同書を、私は真理子流の『陰翳礼讃』（文豪・谷崎潤一郎の著作で、私のアンソロジー『厠（かわや）　文豪ノ怪談ジュニア・セレクション』汐文社刊にも抄出）であると受けとめたのだが、ここに掲出した幽玄な三篇（「その壱　懐かしい場所」所収）には、とりわけその趣が色濃い。

襖が蜿々（えんえん）と連なる、旧（ふる）い日本家屋の構造に特有の仄暗（ほのぐら）い陰翳（いんえい）……懐かしさと同時に、どこか空怖ろしさをも感じさせずにはおかない風景は、小池作品の愛読者には、すでにおなじみだろう。その片鱗は、パート1に収めた「恋慕」における能登半島の旅宿（ヒロインの叔父が選んだ終焉の地）や「年始客」の合掌造りの旧家にも、歴然だった。怪奇小説ファンならば、筒井康隆の名作「遠い座敷」を想起されるかも知れない。

続く「幸福の家」「坂の上の家」「私の居る場所」という選りすぐりの短篇小説三篇は、そんな小池流ホラーの核心に位置づけられる〈家〉――自分が生まれ育った慕わしい場所であると同時に、常に不穏さを孕む異界でもある〈家〉の妖しさを、三者三様に描いて比類がない（そもそも作者による記念すべき長篇ホラー第一作『墓地を見おろす家』からして、紛れもない〈家〉怪談だったではないか！）。

わけても「幸福の家」は……このあまりにも直截的な、一見すると何の衒いもないように思えるタイトルが、物語の結末にいたって、一気に音を立てて瓦解する無残なありさまを、初読の際に厭というほど見せつけられ、小池真理子という作家の真の怖ろしさ、作者が無意識に抱く（この現実世界へ向けられた）悪意の烈しさ（もちろん褒め言葉ですぞ！）を、骨身に沁みて味わわされたものだ。

「坂の上の家」には、本物そっくりに造形された〈ドールハウス〉が登場する。古くは英国怪談の名匠M・R・ジェイムズの「呪われた人形の家」から、我が都筑道夫の「人形の家」まで、洋の東西を問わず、このテーマには傑作が多いのだが、小池による最新のドールハウス怪談もまた、それら先達にも増して、怖ろしい。とりわけ私は、次に引く場面に心底、怖気だった……。

もしかすると、このハウスの中の豆粒ほどの家の中には、さらに小さい、埃のようにしか見えない家が座卓の上に載っているのかもしれない。その、埃のように小さい家の中の茶の間の座卓の上には、さらにさらに小さい、顕微鏡でしか見ることのできない家があって……。

頭の芯がぐらりと揺れて、少し気が遠くなりかけた。変なことを思い出した。昔……大昔、私がまだ小学生だった頃のこと。当時、多くの赤ん坊が飲んでいた粉ミルクがあった。（略）

缶の表面には、髪の毛を肩のあたりでカールした少女が、同じ粉ミルクの缶を手にして立っている絵がついていた。そしてよく見ると、その、少女が手にしている絵の中の粉ミルクの缶にはやっぱり、同じ少女が粉ミルクの缶を手にした絵がついているのだ。絵の中の缶の、またその絵の中の缶……と宇宙の果てまで、それが続いている。そんなふうに想像すると、めまいがしてきて、怖くなった。

この無限反復される少女像の眩暈に着目した作家が、実はもうひとり、いる。そう、澁澤龍彥さんだ。

それはメリー・ミルクという登録商標で、罐のレッテルに、エプロンをかけた女の子が片手に籠をかかえている姿が描かれている。籠のなかに、メリー・ミルクの罐がある。もちろん、この籠のなかのミルクの罐のレッテルにも、同じ女の子が同じ籠をかかえ、その籠のなかに同じメリー・ミルクの罐がはいっている絵が描かれているわけで、以下同様であり、どこまで行っても切りがない。二枚の鏡を向き合わせたように、イメージはどこまでも小さくなるばかりで、無限に繰り返されるのだ。

この目の前のテーブルの上のミルクの罐のレッテルに、小さな小さなメリーさんが無限に連続して畳みこまれているのかと思うと、私は何か、深淵に吸いこまれてゆくような気がしたものであった。私はしばしば食事を忘れて、じっとメリーさんを見つめることがあった。（澁澤龍彥『玩物草紙』所収「反対日の丸」より）

かたや戦前の、かたや戦後日本の食卓に、なにげなく置かれたミルク缶に、じっと目を凝らし、〈永遠〉というものの怖ろしさや不思議さに思いを馳せる両作家……その相通ずる姿には、なにやら微笑ましいものすら、感じられるではないか！

さて、本書のタイトル・ロールに選ばれた「私の居る場所」については、以前私が雑誌「幻想文学」の新刊インタビューで『水無月の墓』を採りあげた際、作者御自身から直接おうかがいした、取っておきのネタを、ここに御披露しておきたい。

小池　「私の居る場所」一本だけは母の体験をもとに造り上げた話なんですよ。前のインタビュー（引用者註　小学館文庫版『ホラーを書く！』参照）でもお話ししたんですが、私の母はかなり霊感が強くて、いわゆる狐にだまされたというような瞬間が若い頃にあったらしいんです。その簡単な不思議な話をもとに書き上げたんですけれども、雑誌の掲載時にそれを母が読んで、「なんだか気持ち悪いわね」って言うのね。「どうして」って聞いたら、異界から現実に戻るときに、頭の中に古いラジオが入ってて、そのスイッチがバチンと切れるような音が実際にしたと。それは私は母からは聞いていないんですよ。母も、どう表現したらいいのか、その感覚を言葉にできなかったから言わなかったけれども、まさにそうだったと言うんですね。それを聞いて作者である私自身、ちょっとゾッとしたという後日談のある話なんですけれども。（「幻想文学」第四十七号掲載「小池真理子　言葉で紡いだ異界の光景——新・一書一会『水無月の墓』をめぐって」より）

すでに同篇をお読みの方には言わずもがな、だろうが、「私の居る場所」は本書収録作の中で唯一、異界に放置される恐怖を描いた作品でもある。いわゆる〈神隠し〉に遭った当事者のなまなましい体験談とでも言えばよいのか……たとえば、柳田國男『遠野物語』などにも登場する、異界に行きっぱなしになる類の話なのだ。その現世と異界が切り替わる決定的な瞬間を、母親の体験談を超えて、作者自身が描き出していたとは……（作者の御母堂の不思議な実体験については、パート1の『ふしぎな話』冒頭に収めた「霊の話」ほかのエッセイ群にも、縷々語られていることを申し添えておこう）。

さて、本書の後半には、墓地（「千年烈日」）、恋人（「妖かし」）、猫（「灰色の猫」「石榴の木の下」「一角獣」）、犬（「囚われて」）など、作者が愛してやまないモノたちを主題とする、妖しき掌篇群を集結させてみた。

すでにパート1の編者解説でも引用した掌篇小説集『午後のロマネスク』の「短いあとがきにかえて」から、ふたたび引かせていただくと――

それにしても、「掌」という言葉は、いかにも美しい。掌には何をのせるのだろう。（略）

のせるものは、目立たない小さなものばかりだが、いとおしいもの、密かに心惹かれるものばかりであるような気がするのは私だけか。

果たして〈墓地〉や〈恋人〉まで、この定義に含めてしまってよいものか……いささか心許ないけれども、〈いとおしいもの〉〈密かに心惹かれるもの〉という作者の規定には当て嵌(は)まる気がするので、敢えて加えてみた次第である。

嗚呼それにしても……「囚われて」の意想外の展開、とりわけ「ぼろぼろになって首が取れかけたイグアナのぬいぐるみを抱きしめてね」という、真に衝撃的な結語たるや！　全篇を通じての一大号泣篇であることは、ぬいと小動物を愛してやまない（たとえば〈すみっコぐらし〉を愛好するような!?）同好の諸賢には、こっそり御賛同いただけるものと編者は信じている。

そしてまた、「囚われて」のヒロインの慟哭(どうこく)は、そのまま続く恐怖短篇「カーディガン」に待ち受ける、思いもよらない展開の序幕ともなっているのだ。最後まで生死不明なカーディガンの所有者、このうえなくハート・ウォーミングで、居心地のよい私の〈居場所〉……〈家〉をめぐる、この怖ろしくも哀切な物語集の最後尾に置かれるにふさわしい、謎めいた愛憎のなかばする作品といえよう。

これまた作者にとって熱愛の対象たる〈三島由紀夫〉を熱く語り、直木賞受賞作誕生の奇瑞を綴(つづ)り、「しんと静かで穏やか」なバード・セメタリー（軽井沢の別荘地にある御自宅裏庭に設けられた「野鳥の墓所」。作者にとって、三島に劣らず熱愛の対象であり、ホラー執筆にあたって大きな影響をうけたともいうスティーヴン・キングの名作『ペット・セマタリー』直系というべき、独特な造語である）で静謐(せいひつ)に幕を閉じる、巻末のエッセイ三作……鏤(ちりば)められたパズルの欠片(かけら)が、「バチンと」音たてて納まるアンソロジストならではの快感に、編者はいま、打ち震えているところだ。

最後になったが、〈小池真理子怪奇譚傑作選〉二部作それぞれに書き下ろしの「著者あとがき」をお寄せくださり、アンソロジストにとって望外の光栄なる御言葉を賜わった著者の小池真理子さん、二部作を通じて担当編集の労をおとりくださった光森優子さんのおふたりに、心からなる感謝の言葉を捧げて、本稿の結びとしたい。

二〇二二年二月

※本書は角川ホラー文庫オリジナルアンソロジーです。

収録作品出典一覧

「仄暗い廊下の果てに」――『いとおしい日々』（徳間文庫　2005年）
「優しい既視感」――同上
「襖の向こう側」――同上
「幸福の家」――『怪談』（集英社文庫　2017年）
「坂の上の家」――『夜は満ちる』（集英社文庫　2017年）
「私の居る場所」――『水無月の墓』（集英社文庫　2017年）
「千年烈日」――『玉虫と十一の掌篇小説』（新潮文庫　2009年）
「妖かし」――『一角獣』（角川文庫　2006年）
「灰色の猫」――『午後のロマネスク』（祥伝社文庫　2003年）
「石榴の木の下」――『一角獣』（角川文庫　2006年）
「一角獣」――同上
「囚（とら）われて」――『危険な食卓』（集英社文庫　1997年）
「カーディガン」――『怪談』（集英社文庫　2017年）
「狂おしい精神」――『闇夜の国から二人で舟を出す』（新潮文庫　2008年）
「神が降りた」――同上
「骸たちの静かな気配」――「幽」vol.28（KADOKAWA　2017年）

私の居る場所　小池真理子怪奇譚傑作選

小池真理子　東 雅夫＝編

角川ホラー文庫　23123

令和4年3月25日　初版発行

発行者――堀内大示
発　行――株式会社KADOKAWA
〒102-8177　東京都千代田区富士見2-13-3
電話 0570-002-301(ナビダイヤル)
印刷所――株式会社暁印刷
製本所――本間製本株式会社
装幀者――田島照久

●お問い合わせ
https://www.kadokawa.co.jp/ (「お問い合わせ」へお進みください)
※内容によっては、お答えできない場合があります。
※サポートは日本国内のみとさせていただきます。
※Japanese text only

ISBN978-4-04-111523-7　C0193

◇◇◇

角川文庫発刊に際して

角　川　源　義

第二次世界大戦の敗北は、軍事力の敗北であった以上に、私たちの若い文化力の敗退であった。私たちの文化が戦争に対して如何に無力であり、単なるあだ花に過ぎなかったかを、私たちは身を以て体験し痛感した。西洋近代文化の摂取にとって、明治以後八十年の歳月は決して短かすぎたとは言えない。にもかかわらず、近代文化の伝統を確立し、自由な批判と柔軟な良識に富む文化層として自らを形成することに私たちは失敗して来た。そしてこれは、各層への文化の普及滲透を任務とする出版人の責任でもあった。

一九四五年以来、私たちは再び振出しに戻り、第一歩から踏み出すことを余儀なくされた。これは大きな不幸ではあるが、反面、これまでの混沌・未熟・歪曲の中にあった我が国の文化に秩序と確たる基礎を齎らすためには絶好の機会でもある。角川書店は、このような祖国の文化的危機にあたり、微力をも顧みず再建の礎石たるべき抱負と決意とをもって出発したが、ここに創立以来の念願を果すべく角川文庫を発刊する。これまで刊行されたあらゆる全集叢書文庫類の長所と短所とを検討し、古今東西の不朽の典籍を、良心的編集のもとに、廉価に、そして書架にふさわしい美本として、多くのひとびとに提供しようとする。しかし私たちは徒らに百科全書的な知識のジレッタントを作ることを目的とせず、あくまで祖国の文化に秩序と再建への道を示し、この文庫を角川書店の栄ある事業として、今後永久に継続発展せしめ、学芸と教養との殿堂として大成せんことを期したい。多くの読書子の愛情ある忠言と支持とによって、この希望と抱負とを完遂せしめられんことを願う。

一九四九年五月三日

ふしぎな話

小池真理子怪奇譚傑作選

小池真理子

東 雅夫＝編

魂が凍りつく、甘美なる恐怖。

死者が見える少女のとまどいと成長を描く「恋慕」に始まる連作3篇。事故で急逝した恋人の同僚と話すうち、ざらついた違和感を覚える「水無月の墓」。恋人の妻の通夜に出ようとした女性が、狂おしい思いに胸ふさがれる「やまざくら」など小説ほか、幼い頃家で見た艶めかしい白い足、愛猫のかたちをした冷たい風――日常のふしぎを綴るエッセイを加えた全13篇。恐怖と官能、ノスタルジーに満ちた小池作品の神髄を堪能できる傑作集。

角川ホラー文庫

ISBN 978-4-04-111522-0

青い夜の底

小池真理子怪奇幻想傑作選2

小池真理子

あなたのそばに、寄り添うものは——。

互いが互いに溺れる日々を送っていた男と女。だが突然、女との連絡が途絶えた。シナリオライターとしての仕事にも行き詰まり、苦悩する男が路上で出会ったのは…（「青い夜の底」）。死んだ水原が、今夜もまた訪ねてきた。恐れる妻を説得し旧友をもてなすが…（「親友」）。本書のために書き下ろされた表題作を含む全８編。異界のもの、異形のものとの、どこか懐かしく甘やかな交流を綴る怪奇幻想傑作選、第２弾。解説・新保博久

角川ホラー文庫

ISBN 978-4-04-100035-9

墓地を見おろす家

小池真理子

恐怖の真髄に迫るロングセラー

都心に近く新築、しかも格安という抜群の条件のマンションを手に入れ、移り住んだ哲平一家。緑に恵まれたその地は、広大な墓地に囲まれていたのだ。よぎる不安を裏付けるように次々に起きる不吉な出来事、引っ越していく住民たち。やがて、一家は最悪の事態に襲われる——。土地と人間についたレイが胎動する底しれぬ怖さを圧倒的な筆力で描き切った名作中の名作。モダンホラーの金字塔である。〈解説／三橋暁〉

角川ホラー文庫

ISBN 978-4-04-149411-0

再生
角川ホラー文庫ベストセレクション

綾辻行人　井上雅彦　今邑 彩　岩井志麻子　小池真理子
澤村伊智　鈴木光司　福澤徹三　朝宮運河＝編

最恐にして最高! 角川ホラー文庫の宝!

1993年4月の創刊以来、わが国のホラーエンタメを牽引し続けている角川ホラー文庫。その膨大な作品の中から時代を超えて読み継がれる名作を厳選収録。ミステリとホラーの名匠・綾辻行人が90年代初頭に執筆した傑作「再生」をはじめ、『リング』の鈴木光司による「夢の島クルーズ」、今邑彩の不穏な物件ホラー「鳥の巣」、澤村伊智の学園ホラー「学校は死の匂い」など、至高の名作全8篇。これが日本のホラー小説だ。解説・朝宮運河

角川ホラー文庫

ISBN 978-4-04-110887-1

夜市

恒川光太郎

あなたは夜市で何を買いますか？

妖怪たちが様々な品物を売る不思議な市場「夜市」。ここでは望むものが何でも手に入る。小学生の時に夜市に迷い込んだ裕司は、自分の弟と引き換えに「野球の才能」を買った。野球部のヒーローとして成長した裕司だったが、弟を売ったことに罪悪感を抱き続けてきた。そして今夜、弟を買い戻すため、裕司は再び夜市を訪れた——。奇跡的な美しさに満ちた感動のエンディング！　魂を揺さぶる、日本ホラー小説大賞受賞作。

角川ホラー文庫

ISBN 978-4-04-389201-3